ENSÉÑAME A AMAR

HEATHER MacALLISTER

WITHDRAWN

H HARLEQUIN™

Editado por HARLEQUIN IBÉRICA, S.A.
Núñez de Balboa, 56
28001 Madrid

© 2003 Heather W. MacAllister
© 2014 Harlequin Ibérica, S.A.
Enséñame a amar, n.º 1991 - 23.7.14
Título original: Male Call
Publicada originalmente por Harlequin Enterprises, Ltd.
Este título fue publicado originalmente en español en 2004

I.S.B.N.: 978-84-687-4423-0
Depósito legal: M-12042-2014
Editor responsable: Luis Pugni
Impresión en Black print CPI (Barcelona)
Fecha impresion para Argentina: 19.1.15
Distribuidor exclusivo para España: LOGISTA
Distribuidor para México: CODIPLYRSA
Distribuidores para Argentina: interior, BERTRAN, S.A.C. Vélez
Sársfield, 1950. Cap. Fed./ Buenos Aires y Gran Buenos Aires,
VACCARO SÁNCHEZ y Cía, S.A.

Prólogo

Queridísima señora Higgenbotham:

¡Saludos desde la soleada y ventosa San Francisco! Espero que Pierre y usted estén sumidos en las ansias de la felicidad conyugal. Me encantaría conocer todos los detalles de la boda, en especial los que están relacionados con las joyas y los vestidos. Me hubiera gustado tanto estar allí, en Nueva York… Sin embargo, había llegado el momento de seguir adelante con mi vida. A pesar de todo, echo de menos la ciudad, el edificio de apartamentos y a usted.

No puedo olvidar lo mucho que su amistad significó para mí durante los últimos y difíciles momentos de mi vida. Tanto Marlon como yo pensamos que estaríamos juntos para el resto de nuestras vidas y yo, por mi parte, no hice nada que amenazara esa situación. Me había dedicado a nuestra relación en cuerpo y alma. Me pasaba los días cuidando el edificio de Marlon y a sus inquilinos solo para estar cerca de él… aunque todo eso es agua pasada, según sabe usted muy bien. Es muy triste que los tribunales deban intervenir para proteger a los que lo hemos dado todo en una relación. Uno pensaría que habría una distribución equitativa de los bienes al comprenderse que no se puede aplicar un valor monetario a ciertas contribuciones. Aparentemente, las mías solo valían el precio de un modesto apartamento en San Francisco.

No obstante, no siento amargura. Al menos ahora tengo un hogar. El apartamento de Marlon, mejor dicho, *el anterior apartamento de Marlon, ya que recientemente he recibido las escrituras, es uno de los cuatro que hay en una encantadora casa victoriana, pintada de rosa y verde, de San Francisco.*

Esta casa y sus habitantes sobrevivieron al gran terremoto de San Francisco, aunque desde que empezaron a remodelar una casa que hay enfrente me parece que vuelvo a vivir ese terremoto todos los días.

El apartamento está muy bien decorado, Marlon siempre tuvo un gusto exquisito, y consta de un dormitorio, un salón en el que puedo trabajar en mi guion y una cocina bastante grande. ¡Ah! Y un balcón en el que me puedo sentar y observar la actividad de Mission Street mientras respondo a la llamada de mi musa.

Hablando de eso, no sabe lo mucho que le agradezco que me regalara la falda.

Como mi musa parece haberse quedado en Nueva York, me concentraré en el estudio de los efectos de la falda a la hora de conquistar a un hombre. Me parece un tema fascinante, aunque algo desconcertante, y creo que podría haber en él una buena historia. Las leyendas urbanas son siempre muy populares en películas y obras de teatro. La idea de que una falda tan sencilla, a pesar de tener un buen corte, pueda tener el poder de atraer a los hombres me parece completamente descabellada y, sin embargo, A. J., Sam y Claire e incluso usted juran que es verdad. ¿Ha tenido noticias de las chicas? Las echo mucho de menos. ¿Están bien? Sam, en especial, era una valiosa fuente de chismorreos.

He decidido poner a prueba la falda. Da la casualidad de que me hace falta algo de dinero. ¡No hay que preocuparse! Los residentes de este edificio y otros de la manzana nunca se habían dado cuenta de la conveniencia de contar con un portero hasta ahora. Por unos pequeños honorarios, he ofrecido mis servicios para encargarme de los que vienen a hacer reparaciones, aceptar paquetes y vigilar el vecindario. Sin embargo, hasta que se reconozca mi talento como actor y guionista, debo proporcionarme un sustento. Por lo tanto, me he mudado a la vivienda del servicio que hay en el sótano y tengo la intención de alquilar mi apartamento por pequeños periodos de tiempo a los que necesiten un alojamiento temporal en la ciudad.

No, no se apiade de mí, señora H. Uno debe sufrir por su arte, aunque me parece que yo sufro más que la mayoría. Mi plan es alquilarle el apartamento a jóvenes solteras que puedan utilizar la falda... y que luego me cuenten sus aventuras. Tal vez mi musa se sienta interesada y me ayude a transformar estas historias en una obra de teatro.

Hasta ahora, he encontrado a dos jóvenes que están dispuestas a alquilarme el apartamento y a otra que se lo está pensando. La he visto pasar por aquí todos los días y me parece que ella podría someter a la falda a una dura prueba. Mujeres atractivas conquistando a hombres atractivos... ¿Qué desafío supone eso para la falda? Sin embargo, esta mujer no practica ninguna de las artes femeninas. De hecho, parece desconocerlas por completo. ¡Qué maravilloso sería ser testigo de ver cómo las descubre...!

En cualquier caso, quiero que sepa que estoy bien, contento, y sabiendo que, sin duda, me espera la grandeza.

Hasta entonces, le saluda atentamente:

Franco Rossi.

5

Capítulo Uno

Al escuchar el típico silbido masculino, Marnie LaTour levantó la vista de su ordenador portátil, que en aquellos momentos estaba encima de la barra del Deli Dally, al lado de un bocadillo de ternera fría. Sus tres compañeros de Carnahan Custom Software, todos hombres, se habían girado sobre sus taburetes para mirar por la ventana.

–¡Vaya! ¡Mira eso! –murmuró uno de ellos.

Marnie miró. Una rubia de largas piernas y con una minúscula falda que amenazaba con levantársele con el viento de San Francisco iba caminando por la acera. Pegado a su lado, iba uno de los hombres de soporte técnico.

–¡Muy bien, Gregie, muchacho!

Dos de sus compañeros chocaron los cinco. Marnie estuvo observando a la pareja el tiempo suficiente para ver que Greg llevaba a la rubia a Tarantella, el nuevo restaurante italiano de la zona. A continuación, se centró de nuevo en el código que estaba tratando de limpiar. Si ella hubiera creado aquel código, seguramente no habría error alguno que buscar.

–¿Crees que lleva tanga?

Aquel comentario provenía de Barry Emmons, que estaba sentado al lado de Marnie dado que era precisamente su programa el que ella estaba tratando de arreglar. Dio por sentado que se trataba de una pregunta retórica y no se molestó en contestar.

Los tres hombres se levantaron y se dirigieron a la ventana.

—Lo único que pido es una buena ráfaga de viento antes de que lleguen a la puerta —dijo uno de ellos, probablemente Doug.

—Oh, sí… —respondió Barry.

Marnie deseó que Barry se hubiera quedado a su lado en vez de acercarse a la ventana con los demás. También deseó estar cenando a solas con él en Tarantella, en vez de salir con sus amigos y él al Deli Dally. Después de todo, acababa de pasarse tres horas arreglándole el código de su vídeo del campo de petróleo. Al menos, la había invitado al bocadillo de ternera.

Bueno, en realidad había pagado el suyo y le había dado a ella el que le habían regalado, ya que aquella noche había una oferta de dos por uno. Sin embargo, era algo. Un comienzo, justo lo que necesitaba Marnie en aquellos momentos.

Llevaba trabajando en Carnahan desde que se graduó en la universidad hacía seis años y había eliminado todas las posibilidades de una cita con sus compañeros de trabajo. Barry llevaba trabajando en Carnahan menos de un año y seguía en la columna de los posibles, pero Barry estaba mostrándose algo escurridizo. Por eso, ella se había ofrecido voluntaria para ayudarlo con sus proyectos. En varias ocasiones.

Miró a los hombres por encima del hombro. Evidentemente, Barry necesitaba un empujón.

Mientras los tres estaban en la ventana, Marnie encontró y corrigió un error repetido en varias ocasiones en una línea del código. Con eso debe-

7

ría estar todo arreglado. Rápido, comprobó que el vídeo funcionaba correctamente.

–¡Eh, lo has arreglado! –exclamó Barry, cuando los otros y él se apartaron de la ventana. Evidentemente, el viento no había cooperado–. Eres un genio –añadió, mirándola con una sonrisa en los labios.

Marnie lo miró a los ojos y sintió que el corazón le daba un vuelco. Aquel era un momento de película. Solo unos pocos centímetros separaban las bocas de ambos. Si Barry hubiera querido, podría haberla besado...

En vez de eso, extendió la mano sobre el teclado e hizo que el programa arrancara de nuevo.

–Estoy en deuda contigo, Marnie.

–Llévame a cenar a Tarantella y estaremos en paz –replicó ella, casi sin pensárselo.

–Tarantella –repitió él. Entonces, emitió un grosero sonido–. Muy bueno, Marnie.

–¡Eh, lo digo en serio! –exclamó ella. Había oído que el restaurante era caro, pero tampoco tanto. Podía pedir unos espaguetis en vez de la lasaña de siete pisos.

–Venga ya –repuso Barry–. Tarantella es la clase de restaurante donde se lleva a una mujer para una noche muy pero que muy especial.

–A mí me parece que haberme pasado tres horas de mi tiempo libre arreglándote el programa se merece una noche especial.

–¿Qué te parece si te compro un pack de seis botellas de cerveza? De la marca que tú quieras, incluso las importadas.

Marnie extendió las manos con las palmas hacia arriba, imitando una balanza.

–Veamos... Seis botellas de cerveza... cena en

Tarantella... sacar a Barry de un buen lío... dejar que él se pasara toda la noche tratando de ver dónde había metido la pata antes de la demostración que tiene que hacer mañana al cliente... Mira, Barry, no sé.

–¿Prefieres vino?

Sus amigos se echaron a reír. Marnie decidió insistir.

–No. Quiero cenar en Tarantella.

Los tres hombres se miraron.

–Mira, Marnie, Tarantella es la clase de restaurante donde se lleva a una cita. Ya sabes, está oscuro, hay velas, mesas muy íntimas... Incluso hay un tipo que toca el violín.

–Sí, a las chicas les encanta todo eso –dijo Doug.

Barry bajó la voz y se inclinó un poco más sobre ella.

–Es la clase de restaurante donde un hombre lleva a su novia... –susurró.

–¿Y? –preguntó ella.

–Tú no eres el tipo de chica que uno tendría por novia –replicó él, entre risas.

–¿Qué quieres decir con eso? –quiso saber Marnie. Hasta hacía unos segundos, había pensado que estaba a punto de convertirse en la novia de Barry.

–Ya lo sabes... –respondió él, aún riéndose.

–No.

Al notar el tono de la voz de la joven, Barry dejó de reírse y se rebulló encima del taburete. Los otros dos hombres se habían quedado muy callados.

–Bueno... No emites las ondas adecuadas...

¿De verdad creía Barry que lo había ayudado

porque le gustaba trabajar horas extra? Además, acababa de pedirle que la llevara a un restaurante romántico. Evidentemente, no sabía mucho de lo de las ondas...

–¿Qué clase de ondas?

–En primer lugar, no te vistes...

Señaló los vaqueros y el amplio jersey que ella llevaba puesto. Él mismo llevaba unos chinos y una camisa que tenía una mancha de salsa. Tampoco era el aspecto ideal. Marnie pensó en la rubia.

–Minifaldas y tacones de aguja... Te refieres a ese tipo de prendas, ¿verdad?

–Sí, claro –comentó Doug.

–No se trata tanto de eso –añadió Barry–, sino de una cierta actitud que comunica a los hombres que eres candidata a convertirte en novia.

–Entiendo –susurró Marnie.

–Pero no te preocupes. Nos gusta que seas uno de nosotros. Es un cumplido –añadió Barry, al ver el rostro de la joven.

–Pues a mí no me lo parece –repuso ella.

–Créeme, lo es. Resulta fácil trabajar contigo porque no hay nada de eso que suele ocurrir entre hombres y mujeres.

–Es decir, las ondas que indican que una está disponible para el sexo. Ya lo he entendido.

Marnie guardó el programa en un CD, lo extrajo del ordenador y se lo entregó a Barry. Él pareció aliviado.

–Gracias, Marnie. Eres una buena compañera.

–Sí, eso es lo que soy. Una buena compañera –murmuró ella mientras cerraba el ordenador.

–Además, te aseguro que no te gustaría ese restaurante. No es tu estilo.

–Podría serlo –replicó ella.

¿Barry quería ondas? Pues ella se las daría. ¿Una de los suyos? Nunca más. ¿Actitud? Ella se la demostraría. Iba a demostrarle tanta actitud que terminaría por suplicarle que lo acompañara a Tarantella. Conseguiría que todos desearan llevarla al Tarantella.

Barry entornó los ojos y sacudió la cabeza.

–Yo no lo creo –afirmó–. Es mejor que aceptes mi oferta de la cerveza. ¿De qué marca te gusta?

«No eres el tipo de chica que uno tendría por novia. Sin ondas. Uno de nosotros».

A Barry solo le había faltado decir que era un ser completamente asexual. Le había dejado muy claro que ella no tenía ningún atractivo para él ni, ya puestos, para todo el género masculino; sus dos amigos no lo habían contradicho.

Era cierto que Marnie se había enorgullecido de ser una jugadora de equipo y de que los hombres la hubieran incluido en su círculo. Le resultaba cómodo trabajar con ellos. No había comprendido que era porque a ellos se les había olvidado que era una mujer. Por eso, tendría que encontrar el modo de recordárselo.

Siguió rumiando mentalmente las palabras de Barry de camino a casa, mientras se bajaba del autobús y se dirigía hacia la estación de la calle 24, donde tomaba un tren que la llevaba a Pleasant Hill. Allí, efectivamente, vivía con su madre. ¿Qué había de excitante en eso?

En realidad, si se paraba a pensarlo, su existencia era algo monótona. Nunca se había imaginado que, a la edad de veintiocho años, seguiría soltera y viviendo con su madre. De joven, seguramente habría tenido una imagen muy clara de cómo sería su futuro. Aunque ya no la recordaba, estaba completamente convencida de que esa imagen no tenía nada que ver con vivir con su madre e incluso compartir el dormitorio con ella.

Marnie estaba dispuesta a dar el gran paso, pero, desgraciadamente, no había encontrado a nadie que quisiera darlo con ella. ¿Cuándo había sido la última vez que había salido con alguien?

De repente, se detuvo frente a una boutique de moda para poder pensarlo. Había salido con Darren, aunque no por mucho tiempo. Su relación había consistido en comidas baratas y en ir de vez en cuando al cine, como había sido siempre con los hombres. Eso había estado bien al principio, pero últimamente Marnie había empezado a desear más.

Decidió que, de algún modo, iba a conseguirlo. Se fijó en el escaparate de una boutique. Faldas. Minúsculos jerséis. Bolsos demasiado pequeños para resultar de utilidad. La ropa que se ponía una posible novia.

Marnie llevaba vaqueros, sudaderas o camisetas, justo igual que el resto de las personas que trabajaban en su departamento. ¿Resultaría muy estúpido que, de repente, comenzara a llevar ropas como las de aquel escaparate para trabajar? Además, ¿por qué tenía que cambiar el modo en el que se vestía y comenzar a preocuparse del cabello y del maquillaje?

¿De verdad importaba? ¿Tan superficiales eran los hombres?

Por supuesto que sí.

Tras lanzar un gruñido, dio la vuelta a la esquina y se dirigió hacia la calle 23, que llevaba a la estación. Pasaba por delante de una hilera de las típicas casas victorianas de San Francisco. Llevaba pasando por allí casi seis años, sin novedad hasta muy recientemente. Primero, unos pocos días atrás, Marnie había visto que había un cartel en una de las casas, que ofrecía alquileres por días. Debajo de la parte principal del cartel, había unas frases adicionales.

No depende de mí proporcionar las razones por las que alguien podría necesitar un apartamento durante dos días a la semana. Si ese es su caso, hablemos. Si no, siga andando.

Marnie se lo había estado pensando. Incluso había conocido al portero, que había insistido en que se llevara un folleto. Sería tan maravilloso poder evitar el tedioso viaje de ida y vuelta a casa al menos dos días por semana…

En segundo lugar, habían empezado las tareas de reforma de una de las casas del otro lado de la calle. La casa se estaba renovando por completo y, sin duda, se alquilaría o se vendería a alguien muy rico. Marnie se detuvo para comprobar los progresos de las tareas… y también para ver si el atractivo capataz estaba por allí. Teniendo en cuenta el estado de ánimo en el que se encontraba en aquellos instantes, le vendría muy bien verlo.

Sí. Su furgoneta estaba allí. Llevaba escrito en las puertas el nombre de Restauraciones Renfro, y estaba aparcada justo delante de los escalones de entrada a la casa, tal y como lo había estado aquella mañana. Aquel hombre era el único responsable de que Marnie hubiera adquirido el carísimo hábito de tomar café. Todas las mañanas, cuando pasaba por delante de la casa, lo veía tomándose un café, apoyado contra la puerta de su furgoneta. Aunque casi estaban en el mes de mayo, las mañanas seguían siendo frías. Ver cómo rodeaba la taza con las manos hacía que Marnie casi pudiera saborear el café que él se llevaba a los labios. De camino a su trabajo, no hacía más que pensar en ello, lo que la obligaba a parar en la cafetería que había al lado del edificio Carnahan.

Sin poder evitarlo, Marnie observó cómo trabajaban los hombres, en especial cómo trabajaba uno de ellos, mientras arrojaban los maderos viejos que habían estado retirando a la furgoneta. La cazadora vaquera y la carpeta del capataz estaban sobre el capó de su furgoneta. Solo una camiseta lo separaba del fresco aire de la tarde… Una camiseta muy bien rellena, como los vaqueros. No había que pasar por alto que los vaqueros enfatizaban un liso y firme vientre…

De repente, uno de los maderos rebotó contra la furgoneta y fue a caer cerca de Marnie. Asustada, dio un salto atrás.

–¡Cuidado! –exclamó el capataz mientras se acercaba a ella.

De cerca era mucho más… Los músculos y los tendones trabajaban en perfecta sincronía mientras avanzaba hacia ella. El serrín y trozos de escombro de la casa le manchaban los hombros y el cabello. La testosterona parecía flotar en el aire. Todo su ser parecía gritar a los cuatro vientos que era un hombre… Lo que parecía implicar, por supuesto, que aquel hombre quería una mujer que hiciera cosas muy femeninas…

Marnie dudaba que ocuparse de códigos infor-

14

máticos fuera una de esas cosas tan femeninas, pero estaba dispuesta a tratar de convencerlo.

Se detuvo delante de ella. Su cabello más bien corto se revolvía muy atractivamente con el viento. Se limpió la frente con el reverso de uno de los guantes que llevaba puestos antes de colocarse las manos sobre la cintura. Su postura indicaba que estaba acostumbrado a estar al mando. Marnie suspiró. No le importaría que le diera también órdenes a ella…

−¿Se encuentra bien?

Marnie consiguió asentir. No sabía exactamente lo que hacer. Aparentemente, no tenía que hacer nada. Él tomó el madero y lo lanzó hacia la furgoneta.

−Es peligroso estar tan cerca −añadió. Entonces, regresó con sus compañeros y siguió cargando madera. Cuando la miró y levantó las cejas, Marnie se dio cuenta de que estaba esperando que siguiera andando. Efectivamente, no emitía las ondas adecuadas…

¿No podría haber encontrado algo que decir? ¿Se pasaba todo el día trabajando con hombres y no había conseguido pronunciar ni siquiera una frase? El hecho de que fuera una clase de hombre completamente diferente no era excusa. Había sido su descarada masculinidad la que la había dejado completamente muda. Evidentemente, necesitaba ayuda.

Asqueada consigo misma, se arrebujó en su abrigo y bufanda y cruzó la calle, lo que la llevó justo delante del cartel que indicaba que se alquilaba un apartamento por días. Sin embargo, no miró el cartel. Utilizó el reflejo del cristal para observar durante unos minutos más a los obreros.

Era tan atractivo… Desgraciadamente, ella ni siquiera había conseguido llamar su atención. En realidad, aquella clase de hombre tampoco le había llamado nunca la atención a Marnie. Siempre le habían gustado los hombres más cerebrales. Evidentemente, el capataz de aquella obra pertenecía a una clase de hombres más físicos.

Mientras estaba sumida en sus pensamientos, la puerta de la casa se abrió. Era el portero.

–Aminorad el paso u os vais a estrangular, chuchos irritantes.

Los perros no le hicieron caso alguno y siguieron tirando del collar para bajar las escaleras. Una vez en la acera, comenzaron a olisquear los zapatos de Marnie.

–Les ordenaría que se estuvieran quietos, pero seguramente tan solo creerían que les estoy indicando otra parte de su pie –dijo el portero, sin dejar de tirar de la correa–. ¡Oh! Es usted. ¿Se ha decidido ya sobre el apartamento?

–Oh… Bueno, yo solo estaba…

Sabía que necesitaba realizar cambios en su vida y se le estaba ofreciendo una oportunidad en bandeja. Quería tener novio, un novio en serio. Un novio que pudiera convertirse en esposo. Teniendo en cuenta el tiempo que tardaba en ir y regresar de su trabajo, le resultaría muy difícil salir con alguien en la ciudad o en Pleasant Hill. Si alquilaba aquel apartamento tendría una base temporal en la ciudad.

Estaba a punto de decidirse cuando el sonido de un motor anunció la marcha inminente de la furgoneta del capataz. Sin embargo, él seguía allí, limpiando la acera de trozos de escombros.

Cuando se despertara por las mañanas, podría

verlo allí, al otro lado de la calle… Miró al portero y le dijo:

—Sí, me gustaría alquilar el apartamento dos días a la semana —dijo. Aquella era la primera decisión impulsiva que había tomado en toda su vida.

—Lo único que me queda son los lunes y los martes.

No se podía decir que aquellas fueran noches en las que se saliera mucho. Marnie decidió que ella haría que así fuera.

—Los lunes y los martes me vienen bien.

—¡Fabuloso! En estos momentos, estoy algo liado. ¿Cuándo puede venir para que hagamos el papeleo?

—¿Le parece bien mañana por la mañana? —sugirió Marnie. Aún no se podía creer lo que había hecho.

—¿Cómo le gusta el café?

Marnie parpadeó al escuchar aquella pregunta.

—Fuerte y largo.

Más o menos como al capataz. Estuvo a punto de echarse a reír.

—Muy bien. Hasta mañana entonces. ¡Vamos, perros!

El portero comenzó a caminar calle arriba, afortunadamente en la dirección contraria a la que Marnie tenía que tomar.

Muy bien. Lo había hecho. ¿Cómo le iba a decir a su madre que había alquilado un apartamento en la ciudad dos días a la semana? Comenzó a caminar y, justo en aquel momento, un silbido atravesó el aire.

No provenía del portero sino de los obreros que había en la furgoneta.

Instintivamente, Marnie supo que se trataba de

un silbido diferente a los que los obreros utilizaban para hacerse señales los unos a los otros. Miró hacia el otro lado de la calle y vio que pasaban dos mujeres, también arrebujadas en sus abrigos para protegerse contra el viento. Sin embargo, aquella era la única similitud con ella. Al contrario de Marnie, las otras dos mujeres llevaban zapatos de tacón alto y faldas que amenazaban con levantarse por el viento. El cabello rubio les golpeaba el rostro.

¿Qué demonios ocurría? ¿Era el día de las rubias? ¿Por qué iban todas vestidas de un modo similar?

A ella no le habían silbado, aunque Marnie no había deseado nunca que un obrero le silbara o le dedicara piropos. Sin embargo…

No. Si aquella era la clase de ropa que tenía que ponerse para que le silbaran, era mejor olvidarse de ello.

Se detuvo y observó a los hombres, quienes, a su vez, no hacían más que silbar a las mujeres.

—¡Eh! ¡Llevaos estos escombros al basurero!

El capataz miró a las mujeres y entonces lanzó la bolsa de lo que había estado barriendo a la parte posterior de la furgoneta. Esta se marchó y el capataz regresó al patio de la obra, donde colocó dos caballos de serrar y un foco. Seguía vestido con su camiseta, sin importarle el frío. Los músculos de la espalda se le estiraron, los de los brazos se le tensaron. Probablemente, su torso era una obra de arte…

Marnie suspiró. Si algún hombre iba a silbarle a ella, aquel era precisamente el que deseaba que lo hiciera. Sin embargo, él ni siquiera se había percatado de su presencia.

Debería marcharse, si no, iba a perder el tren que tomaba habitualmente. No obstante, algo la atraía de aquel hombre. Bajó de la acera y cruzó de nuevo la calle. ¿Qué haría si se fijaba en ella?

De repente, el sonido de una sierra eléctrica rugió en el silencio de la tarde. Él se había puesto a cortar madera tras colocarse unas gafas y estaba muy concentrado en su tarea. Sabiendo que no podía escucharla, Marnie le gritó.

–¡Eres muy guapo! Acabo de alquilar el apartamento del otro lado de la calle. ¿Qué te parece?

Vio que la sierra alcanzaba el final del madero. El estridente sonido se cortó en seco y un trozo de madera cayó al suelo. Él tomó la parte que había cortado y examinó su trabajo mientras soplaba el serrín y los restos del diseño que acababa de crear. Entonces, una enorme sonrisa se le dibujó en el rostro.

No había nada que gustara más a Zach Renfro que restaurar las viejas casas victorianas de San Francisco. Desgraciadamente, a la gente parecía faltarle paciencia, a la gente como el tipo que vivía al otro lado de la calle, en otra casa victoriana. El día en el que Zach y su cuadrilla fueron a restaurar la casa en la que estaban trabajando en aquellos momentos, aquel hombre había cruzado rápidamente la calle para quejarse del ruido. Había mencionado algo sobre un guion y sobre el hecho de que Zach estaba cometiendo un delito de contaminación acústica.

–¿De qué diablos está hablando? –le había preguntado Zach tras bajarse de la escalera en la que estaba subido.

–Tengo que trabajar. ¿Cómo me puedo concentrar con este estruendo?

–¿Qué le parece si se pone unos tapones en los oídos?

–Yo, Franco Rossi, no debería tener que ponerme tapones en los oídos en la intimidad de mi propia casa.

–Mire, este es mi trabajo…

–Pero el mío es arte –replicó el hombre con altanería.

–Y el mío también. Hubo un tiempo en el que esta casa fue tan hermosa como la que usted ocupa ahora, pero, como no la trataron bien, yo voy a ocuparme de que recupere su esplendor. Mire –añadió, tomando un trozo de madera–, voy a cortar este madero a mano para darle la forma adecuada. ¿Me va a decir que eso no es arte?

–Vaya –murmuró Franco–. Mis disculpas por no haber reconocido a un compañero artista. Por eso, creo que me comprenderá si le confieso que la llamada de mi musa es tan tenue que la de usted la está ahogando.

–Espere un momento.

Zach rebuscó en su caja de herramientas y sacó un paquete de tapones para los oídos. Extrajo un par y se los entregó a Frank.

–De vez en cuando, mi musa hace demasiado ruido incluso para mí.

Franco miró fijamente los dos tapones amarillos que Zach le ofrecía.

–¿No los tiene en azul?

–No.

El hombre suspiró y sonrió.

–Perseveraré.

Desde entonces, Zach no había vuelto a verlo.

Le gustaba trabajar en aquella zona de San Francisco. De hecho, no le importaría vivir en un lugar como aquel, ni mucho menos en una de las casas victorianas que había restaurado. El secreto de su inspiración era que se implicaba emocionalmente en las restauraciones que acometía. No era muy práctico, pero él prefería dejarles la tarea de dirigir Construcciones Renfro a su padre y a su hermano. Para Zach, era suficiente con ser Restauraciones Renfro.

Respiró profundamente y encendió de nuevo la sierra para ponerse manos a la obra. Sabía que les debía mucho a su padre y a su hermano por permitirle dirigir aquella parte de la empresa. Ninguno de los dos protestaba cuando el perfeccionismo de Zach reducía el margen de beneficios. Además, también sabían lo feliz que era Zach realizando aquel tipo de trabajo.

Mientras trabajaba, su visión periférica le permitió percatarse de un bulto de colores. Aquel bulto podía llevar allí bastante tiempo, pero con las gafas no se había dado cuenta hasta entonces. De hecho, recordaba haberlo visto antes, paseando por aquella calle todos los días y unos minutos antes, cuando casi le había golpeado un trozo de madera.

Sin girar la cabeza, Zach movió los ojos. Por el modo que iba vestida aquella persona, con una parka muy amplia, vaqueros, botas y un gorro de lana, le pareció que tenía que ser una persona sin hogar que iba a dormir en la casa cuando Zach se marchara. En aquellos momentos de la renovación, a Zach no le importaba especialmente que lo hiciera, pero dentro de un par de días, iba a tener que cerrar bien la entrada a la casa para proteger los trabajos que iban haciendo e impedir que los vándalos se llevaran las herramientas.

Sin embargo, en aquellos momentos, tenía que concentrarse en su trabajo. Tenía una sierra letal entre las manos.

Marnie se metió las manos en los bolsillos y observó cómo él trabajaba. Sus potentes músculos quedaban muy bien definidos por la camiseta que llevaba puesta. Los vaqueros también definían muy bien lo que tenían que definir. Muy bien.

Ella nunca se había fijado en aquel tipo de cosas. Hmm… Debía cultivar más aquella costumbre. ¿En qué clase de trance había estado metida en los últimos años? Barry había resultado atractivo a su modo, pero había algo en aquel hombre, algo elemental y real, que la atraía profundamente.

¿Qué clase de novia querría un hombre como aquel?

Más osada por el hecho de que el ruido de la sierra ocultara su voz, decidió preguntárselo.

–Eh, tú. Sí tú, hombretón musculoso y fuerte. ¿Qué tiene que hacer una chica para convertirse en tu novia?

Mientras él seguía con su trabajo, Marnie admiró la forma de los brazos del hombre. No se veían brazos como esos en el mundo de la informática.

–Seguramente te gustan las chicas con mucho pelo, falda corta y maquillaje, ¿verdad, hombretón?

El hombretón respondió girándose ligeramente para que Marnie tuviera una mejor visión de su torso.

–¡Vaya! ¿Sabes una cosa? Por ti podría merecer la pena. Una chica podría perderse fácilmente entre esos brazos. Además, me apuesto algo que nunca le pedirías a tu novia que pintara o que clavara clavos para luego invitarla a un bocadillo. Seguramente eres un hombre sencillo con necesidades sencillas.

De repente, Marnie sintió algunas de aquellas necesidades. Qué coincidencia. El capataz y ella tenían algo en común...

–Me apuesto algo a que no tienes un cerebro que se interponga con esas necesidades, ¿verdad? No. Tú no. ¿Sabes en lo que estoy pensando? En que el cerebro está demasiado valorado. Los hombres con cerebro siempre piensan en las mismas cosas, así que ¿para qué necesitan tanto cerebro?

Marnie se cambió el bolso de hombro y se metió las manos en los bolsillos. Sabía que debía marcharse, pero se sentía muy bien contándole sus frustraciones sobre los hombres a un hombre. El hecho de que no fuera Barry o que ni siquiera pudiera oírla no importaba.

–Sí, tú eres la clase de hombre por el que yo podría decantarme si... si pudieras girarte un poco más para que yo pudiera ver si tienes un trasero bonito...

De repente, el silencio. Un silencio total. Un silencio que se había producido a mitad de la última frase que acababa de pronunciar. Un silencio en el que las palabras «si tienes un bonito trasero» habían resonado clara e irrevocablemente.

Humillantemente.

Debería echar a correr. Rápido. Debería escapar de allí, pero no lo hizo.

El capataz de la construcción se despojó de las

gafas de seguridad y se irguió mientras se pasaba los dedos por el cabello. Le dedicó a Marnie una pícara sonrisa.

–Gracias.

–Yo solo… –susurró ella. Se había sonrojado tan vivamente que el rostro le ardía por el calor– yo no he dicho… ¡Había más de una frase!

–¿Cuánto más?

–Lo que dije fue que me gustaría que se diera usted la vuelta para que yo…

Lo estaba empeorando. Él inclinó la cabeza y, obedientemente, se dio la vuelta. Efectivamente, tenía un trasero estupendo.

¿Qué era lo que se suponía que tenía que hacer ella? Sabía que él terminaría por girarse de nuevo y que esperaría que ella dijera algo.

–¿Y bien? –preguntó él. Marnie tragó saliva.

–Muy bonito. Gracias.

–¿Bonito?

–Sí.

–¿No es mono?

–¡Oh! Sí, sí, claro que es mono.

Era imposible que estuviera teniendo aquella conversación. Era imposible. Todo tenía que ser producto de su imaginación…

Él empezó a dirigirse hacia la acera. Marnie sabía que debería decir algo, algo que implicara las partes del cuerpo.

–Está haciendo un estupendo trabajo en la casa –comentó, por decir algo.

–Gracias.

Zach se detuvo a una distancia prudente de ella y la sometió a un descarado escrutinio. Observó el gorro, el rostro y la enorme parka de la joven. Marnie decidió inmediatamente que iba a devolverle la mirada, ya que había estropeado la primera impresión. Ella no era el tipo de mujer que iba haciendo comentarios obscenos a los trabajadores de la construcción.

Al menos, no lo había sido hasta entonces.

Deseó que él dijera algo. Por su parte, ella no pensaba probar suerte de nuevo y tratar de entablar conversación.

–¿Necesita algún lugar en el que alojarse esta noche? –preguntó él, tras una pequeña pausa.

–Yo… –susurró ella. Aparentemente, era demasiado fácil convertirse en el tipo de mujer que le gustaba a aquel hombre. Demasiado fácil.

–¿Tiene hambre?

Con los dientes, se quitó el guante de trabajo y se metió la mano en el bolsillo trasero del pantalón. Entonces, se sacó la cartera.

Iba a darle dinero.

Inmediatamente, Marnie dio un paso atrás.

–Yo… yo estoy bien. Vivo con mi madre en Pleasant Hill. Ahora iba de camino hacia la estación de tren –dijo, sin dejar de caminar hacia atrás–. Solo está a un par de manzanas de aquí, así que tengo que marcharme.

Tras dedicarle una ligera inclinación de cabeza, Marnie comenzó a caminar en dirección a la estación de tren. A pesar de ir cuesta arriba, avanzaba con toda la rapidez que le resultaba posible. Le dolían las pantorrillas, pero no pensaba ir más despacio. Ni tampoco mirar atrás.

Capítulo Dos

«La leyenda de la falda»
de Franco Rossi

Primer acto, escena primera.
Exterior: Encantadora casa victoriana.
La cámara muestra (a menos que se trate de una obra de teatro) los detalles de la carpintería victoriana.
Entra: (a menos que sea una película, en la que la cámara se centrará en la escena a través de la ventana) guapo, con un aire de superioridad que trata de esconder, y carismático portero. Evidentemente está destinado para tareas de mayor importancia.
(Nota para mí mismo: decidir si estoy escribiendo una obra de teatro o una película).

«Una falda en San Francisco»
Obra de teatro en tres actos
de Franco Rossi

Primer acto, escena primera.
Un parapsicólogo de renombre mundial, que trabaja como portero (ver la descripción anterior) alquila su apartamento a tres mujeres que lo compartirán a lo largo de la semana. Posee una falda, que, según la leyenda, atrae a los hombres (él debe fiarse de la leyenda dado que es inmune a la falda), y espera la oportunidad de ser testigo privilegiado de los efectos de la mencionada prenda.

26

(Nota para mí mismo: hay que mantenerlo vivo, moviéndose).

La señorita que alquila el apartamento los lunes y los martes es una programadora de ordenadores algo preocupada. Muy inteligente. Tiene los ojos y el cabello bonitos, aunque necesita cortarse las puntas y no sabe cómo vestirse. Presumiblemente tiene una buena figura, pero, ¿cómo va a estar uno seguro con el saco de dormir que lleva por abrigo? Quiere probar la vida de la ciudad y darse un respiro del largo trayecto que separa su trabajo de su casa.

La señorita que alquila el apartamento los miércoles y los jueves está buscando a su padre. Hay algo misterioso en el asunto que merece la pena investigar.

La señorita que alquila el apartamento los viernes y los sábados solía ser su propietaria. Está tratando de seguir adelante con su vida después de romper un compromiso.

(Nota para mí mismo: hay que tomar notas antes de escribir el guion).

(Nota adicional para mí mismo: llevar los tapones para los oídos solo si estoy sentado en el recibidor, si no, no puedo escuchar el timbre).

Habían pasado varios días desde que Zach había intercambiado unas palabras con la vagabunda. No había tenido la intención de asustarla, pero se alegraba de haberla hecho volver a casa. Algunas veces las personas se fugan pensando que esa es la solución para sus problemas. En algunos casos podría ser así, pero aquella mujer era demasiado blanda para esa clase de vida.

Aquella mañana había vuelto a verla, arrastrando una bolsa con sus pertenencias. Cuando la vio la última vez, no parecía llevar nada. Se preguntó si lo habría robado o habría aceptado ayuda de alguien.

Desde la escalera donde estaba subido, Zach observó cómo subía los escalones de entrada de una de las casas que había al otro lado de la calle. Al ver que Franco le abría la puerta y la dejaba entrar, se quedó completamente sorprendido. Momentos después, la mujer salió sin la bolsa, bajó los escalones y echó a correr calle abajo.

Se le ocurrió ir a hablar con Franco para preguntarle qué era lo que ocurría, pero cambió de opinión. Aquello no era asunto suyo, por lo que decidió seguir con su trabajo y concentrarse en una moldura de madera con la que no acababa de quedar satisfecho.

A los pocos minutos, escuchó que alguien se aclaraba la garganta a sus espaldas. Se alegró de ver que se trataba de Franco. Iba a pasear a tres perros, pero manejaba a los animales con una facilidad que indicaba claramente que lo había hecho antes.

—¿Te importaría que un aficionado te hiciera un comentario?

—Adelante.

—Ese adorno no va bien.

—Ya lo sé.

—Es demasiado recargado.

—Prefiero que sean muy ornamentados.

—Yo también, pero algunas veces es mejor quedarse corto. La casa tiene unas líneas muy puras.

—Ya lo sé, pero cuando la fachada esté terminada, habrá más molduras de madera alrededor de las puertas y de la estructura de la casa y entonces...

Franco levantó una mano para impedirle que siguiera hablando.

–Lo que quiero decir es que tú no vestirías a una mujer alta y escultural con lazos y encajes, como si fuera una niña, ¿verdad?

–Una mujer alta y escultural puede ponerse lo que le venga en gana.

–No, no puede –afirmó Franco–. Ella puede permitirse llevar las líneas limpias y dramáticas, los colores y los diseños atrevidos que abrumarían a una mujer más menuda, como tu casa. Debes destacar su belleza, no ocultarla.

Mientras Franco seguía hablando sobre las amazonas, Zach comprendió inmediatamente por qué su diseño no funcionaba. Efectivamente, el recargamiento de aquellas molduras no iba bien con las limpias líneas de la casa.

–Tienes buen ojo –le dijo a Franco.

–Sí. Se me dan especialmente bien los colores, por si necesitas una segunda opinión.

–Lo tendré en cuenta –repuso Zach, con una sonrisa–. Por cierto, ¿has visto a esa chica sin casa que anda por aquí?

–Uno ve tantas…

–Te estoy hablando de la que dejaste entrar en tu edificio esta mañana –aclaró Zach. Franco se quedó atónito–. Con un abrigo muy grande y un gorro de lana muy llamativo.

–Un momento. Esa chica a la que te refieres no es una sin techo –dijo Franco.

–Me alegro. Ya me parecía a mí que era blanda para estar por las calles.

Franco se marchó a pasear a los perros y Zach siguió con su trabajo.

***

Muy bien. Ya estaba hecho. Aquella iba a ser la primera noche de Marnie en su apartamento alquilado.

–Bienvenida, bienvenida –le dijo Franco mientras la hacía entrar en una jungla–. Mi casa es tu casa.

–Al menos los lunes y los miércoles –replicó Marnie–. ¿A qué vienen tantas plantas?

–Estoy cuidándolas. Normalmente, las habría puesto en el balcón, pero no quería entrometerme.

–No me importa que las dejes ahí. Me gustan las plantas –comentó Marnie. Reconoció rápidamente la indirecta.

–Muy bien –respondió Franco, tras entregarle una de las macetas–, ve subiendo, que yo te sigo.

Marnie casi no veía los escalones, pero, como pudo, subió las escaleras hasta llegar al apartamento del segundo piso. Al 2B.

Como Franco le había dado una llave cuando llevó sus cosas aquella mañana, Marnie abrió la puerta y entró en el apartamento. Dejó la maceta al lado de la puerta y miró a su alrededor.

Estaba decorado con un gusto exquisito. Inmediatamente, se dirigió a la ventana desde la que se veía la casa que estaban remodelando en la acera de enfrente. Con la mirada, buscó al capataz de la obra.

No estaba allí. En cierto modo se sintió aliviada, aunque sabía que, tarde o temprano, tendría que hablar con él. Después de todo, eran prácticamente vecinos.

Horas después del breve encuentro que los dos habían tenido la semana anterior, se había dado cuenta de que el hombre no había estado haciéndole proposiciones deshonestas, sino ofreciéndole su ayuda. Aquel hecho decía mucho sobre él y, desgraciadamente, también algo sobre ella.

Unos grandes resoplidos anunciaron la llegada de Franco. Se había cargado las plantas sobre los hombros con un palo, como si fuera un antiguo aguador chino.

–¡No pienso volver a hacer esto! –protestó–. Creo que vamos a tener que hacer más viajes.

Marnie notó que la había incluido a ella en la frase, pero decidió, que, por aquella vez, lo dejaría pasar. Franco se dirigió rápidamente hacia el dormitorio.

–¡Corre, corre!

Marnie lo siguió y le abrió las puertas que daban al balcón. Lo ayudó a colocar las macetas en el balcón y luego le llevó la que ella había subido, un helecho gigante.

–Ésa la pondremos en el rincón. Muy bien. Vamos a por las demás.

A Marnie no le importaba ayudarlo dado que no había pensado lo que iba a hacer aquella noche. No había cenado y quería instalarse para después ir a explorar las calles del barrio que no conocía.

Franco había separado para ella parte del armario del dormitorio. Comprendió que habría hecho lo mismo con las otras dos inquilinas. No pensaba dejar muchas cosas allí, pero resultaba agradable saber que no tenía que llevarse sus cosas cada semana.

Cuando terminaron, Franco le ofreció un té.

–Muchas gracias.

–He dejado algunas cosas básicas en la cocina que puedes utilizar si quieres. Supongo que después tú y las otras chicas os las organizaréis para mantener aparte vuestras cosas.

Franco puso agua a hervir y, a continuación, le mostró la cocina. Maravillada por la novedad de tener un hombre atendiéndola, Marnie se quitó la parka y se sentó a la mesa.

—Ahora, me lo tienes que contar todo sobre ti.

—Ya te he dado mi número de la seguridad social, Franco. A partir de ahora, mi vida es un libro abierto para ti.

—Estoy hablando de algo más que de tu currículum y tu capacidad económica. Quiero saberlo todo sobre una mujer con un nombre tan poco usual como Marnie LaTour, sus esperanzas, sus sueños… y cómo cree que alquilar un apartamento dos días a la semana puede ayudarla a conseguirlos.

Visto así… Marnie estaba mirando a los ojos del simpático pero inquisitivo Franco cuando, sin poder evitarlo, se echó a llorar.

No recordaba la última vez que lloró. Había sido hacía mucho tiempo. Tenía un buen trabajo, amigos y todo lo demás. ¿Por qué iba a llorar? Aquello resultaba tan humillante.

—Lo siento…

Tranquilamente, Franco siguió preparando el té.

—Me encuentro con mujeres llorando con bastante regularidad.

—Ni siquiera sé por qué estoy llorando —sollozó Marnie.

—Claro que lo sabes, pero no estás preparada para contármelo —replicó él. Entonces, le colocó la taza sobre la mesa, junto con un pañuelo de papel.

—Es una tontería…

–Si te hace llorar no lo es.

–Lo de llorar también es una tontería... –afirmó ella. Franco dio un sorbo a su té y guardó silencio. Al final, Marnie no pudo soportarlo más–. Es solo que un compañero de trabajo, alguien que yo creí que me gustaba, me dijo que yo no era la clase de chica que un hombre busca como novia, algo que yo ya sabía porque los obreros no me silban. Ni siquiera sé por qué me importa...

–¿Te importa si tomo notas?

–¿Por qué?

–Estoy estudiando la condición humana y espero incorporar ciertas historias a mis guiones.

–No, no me importa –susurró ella, mientras ocultaba la cabeza entre las manos.

–¿Te importa si se convierte en el guion de una película?

–No.

Franco se fue corriendo a la mesita del teléfono y regresó con un cuadernillo y un bolígrafo. Entonces, comenzó a escribir.

–¿Qué más te preocupa?

–Mi madre se va a París –respondió Marnie. Acababa de enterarse.

–¿Y tú no la acompañas?

–Se marcha con sus alumnos de francés. Da clases en el instituto.

–En ese caso, considérate afortunada –le aseguró Franco–. No te gustaría París en esta época del año. Bueno, ¿qué es lo que buscas? ¿Que los obreros se fijen en ti?

–¡Claro que no! Bueno... En realidad, supongo que me gustaría convertirme en la clase de mujer en la que se fijan... a la que silban. Ya sabes.

–Me parece que sí, pero ilústrame algo más.

Marnie le contó todo. Desde lo ocurrido con Barry hasta el hecho de que el capataz de la obra de la casa de enfrente la había tomado por una vagabunda. Franco se limitó a asentir y a tomar notas.

Ella incluso le dijo lo preocupada que había estado por contarle a su madre que iba a estar en aquel apartamento dos días por semana y cómo su madre la había malinterpretado y se había alegrado mucho cuando creyó que Marnie iba a buscar su propio lugar para vivir. Ella siempre había creído que ayudaba a su madre al vivir con ella, pero su madre ya no parecía necesitar ayuda.

–Siento que todo en mi vida sea tan dramático –musitó, sujetándose la cabeza.

–El drama es mi vida –respondió Franco, encantado–. ¿Qué vas a hacer?

–No lo sé –contestó Marnie tras tomarse el té de un solo trago.

–Claro que lo sabes… –dijo Franco, golpeando el lápiz con impaciencia.

–Bueno, sí sé qué quiero hacer, aunque no sé cómo.

–Cielo, te aseguro que ese Barry no te conviene.

–Ya lo sé, pero quiero que me invite a cenar a Tarantella, que me suplique que vaya con él…

–Y quieres que los obreros te silben.

–Tal vez solo una vez…

–Yo podría pagarles para que lo hicieran.

–¿Estás sugiriendo que ese es el único modo de que…? –comentó ella, tras soltar una carcajada de incredulidad.

–Claro que no. Era una broma. Una broma de

mal gusto, pero al menos te he hecho reír –replicó él. Estudió a Marnie unos instantes. A continuación, se puso de pie–. Tenemos mucho trabajo.

–¿Tenemos?

–No creerías que no iba a responder a tu llamada de ayuda, ¿verdad? Empezaremos con los colores.

–¿Cómo dices?

–Nos aseguraremos primero de qué colores te sientan mejor antes de ir de compras, Cenicienta.

–Ir de compras no es uno de mis entretenimientos favoritos. Suelo comprarme la ropa por Internet.

Franco lanzó un profundo suspiro.

–Regresaré dentro de un momento con mis retales de muestra. Tienes que cambiarte. ¿Qué es lo que has traído?

–Bueno… Más vaqueros. Algunas camisetas.

–¿Tienes una camiseta blanca?

–Es casi blanca del todo. Tiene el logo de la carrera de diez kilómetros que hicimos en el trabajo por Semana Santa.

–Póntela con el logo a la espalda o del revés. Déjame que vaya a revisar mis disfraces.

–¿Tienes disfraces?

–Sí. Soy actor y guionista. Algunas veces, debido a las dificultades económicas de los pequeños teatros, uno debe ejercer muchos talentos. Regresaré dentro de un minuto.

Cuando Franco se hubo marchado, Marnie recogió las tazas y empezó a deshacer su bolsa. Comenzó a colgar su ropa en el armario y, como no sabía qué hacer con la ropa interior, decidió dejarla en la bolsa, que depositó a su vez en el suelo del armario.

–Yuhuuuu…

Aquella exclamación, que Marnie había escuchado tan pocas veces en labios de un hombre, provenía del salón. Fue inmediatamente hacia allí y vio que Franco había quitado las tulipas a las lámparas antes de encenderlas.

–Tenemos que ver el aspecto que tienes tanto con luz natural como artificial.

–Yo me paso casi todo el día debajo de los fluorescentes.

–¡Qué horror! –exclamó Franco–. Mira, he encontrado una falda negra, muy sencilla, que creo que te sentará bien. Ven a probártela.

–¿Una falda?

Franco se pellizcó el puente de la nariz y respiró profundamente.

–Marnie, por favor, empieza a pensar fuera de la caja.

Aparentemente, hacerlo significaba ponerse la falda negra.

Ya tenía puesta la camiseta blanca, se puso la falda. Se le ajustó a las caderas como un guante. Entonces, se la estiró y vio que le llegaba hasta media rodilla.

No recordaba la última vez que se había puesto una falda o un vestido. Se miró en el espejo y tuvo que reconocer que aquella falda era probablemente la prenda que mejor le sentaba de todas las que se había puesto últimamente. Acarició suavemente la tela, notando su tacto suave y delicado. Se volvió de costado y, por un momento, le pareció ver un destello, aunque cuando se fijó más atentamente no notó nada.

¿Qué clase de tejido era aquel? Supuso que sería seda. Tela de muy buena calidad.

–Marnie, ¿estás ya lista, cielo?

–Ya voy.

Tras mirarse por última vez en el espejo, se dirigió a la puerta. La falda le acariciaba suavemente las piernas al andar. Se había quitado las botas e iba andando descalza, pero le parecía que la falda la hacía caminar de un modo diferente. Lo notaba en el modo en el que se le movían las caderas, realizaba ciertos movimientos solo para sentir el tacto de la falda sobre la piel…

–Vamos, vamos –le dijo Franco, con gesto impaciente–. Suéltate el cabello. Esas puntas… Bueno, ya nos ocuparemos de eso.

Marnie se sentó frente a la ventana y, durante unos minutos, dejó que Franco le colocara muestras de tela junto al rostro. Con los colores fue realizando tres montones: los que le quedaban bien, los que la hacían parecer un cadáver, y los que merecía la pena comprar solo si estaban rebajados.

–Bueno –anunció Franco, por fin–. Los colores no lo son todo, pero, sin embargo, tú eres una chica muy afortunada. Eres otoño profundo. Te puedes poner el negro.

–Todo el mundo puede vestirse de negro.

–Todo el mundo se viste de negro, pero no todo el mundo debería hacerlo.

Franco recogió las muestras de tela y, a continuación, le entregó una carta de colores.

–Te puedes quedar con esto si me prometes que lo vas a utilizar. Además, te daré una lista de boutiques aceptables a las que puedes ir a comprar y apartar lo que elijas. Yo iré y les daré mi aprobación antes de que compres.

¡Qué caradura! Marnie no recordaba haber accedido a todo aquello. Además, casi no lo conocía.

Abrió la boca para protestar, pero la cerró inmediatamente. Franco parecía estar muy seguro de sí mismo y ella no.

Tocó suavemente la tela de la falda y recordó el modo en el que se sentía cuando caminaba con ella. ¿Qué mal había en comprarse unas cuantas prendas nuevas? Sabía que tenía que cambiar de aspecto. Además, si no encontraba nada que le gustara, nadie iba a obligarla a comprarlo.

Miró a Franco de reojo. Tal vez él se atreviera a hacerlo.

–Gracias, Franco –dijo.

–Bueno –replicó él, tras cerrar el maletín en el que llevaba las muestras de tela–, tengo que ir a hacer unos recados, pero, dentro de media hora voy a ir a la tienda de ultramarinos de Tony. Si quieres, puedes venir conmigo y así te presentaré a Tony.

–Gracias, Franco. Me encantaría.

Resultaba sorprendente cómo unas muestras de tela y una invitación para ir a la tienda de ultramarinos podían mejorar su estado de ánimo, pero así era. Estar con Franco iba a ser muy divertido.

Se dirigió al dormitorio. Era extraño, pero no le apetecía quitarse la falda. Estaba mirándose en el espejo cuando oyó un estruendo que parecía proceder del balcón.

Tenía que ser una de las plantas.

Tras abrir las puertas del balcón, comprobó que, efectivamente, el helecho gigante se había volcado por el fuerte viento.

Se arrodilló para recoger la tierra que se había derramado de la maceta y, entonces, una ráfaga de aire le levantó la falda. Se la agarró para que no se levantara más. El helecho volvió a caerse.

Miró hacia la calle y notó que, afortunadamente, parecía que no se había dado cuenta nadie. La furgoneta del capataz de la obra estaba allí, pero no se le veía por ninguna parte. Recogió la tierra que se había derramado de la maceta y la aseguró contra la barandilla.

De repente, otra ráfaga de aire, más fuerte que la anterior, provocó que la puerta de la terraza se cerrara de un portazo y le levantó la falda. El fresco aire de la noche de San Francisco le enfrió los muslos antes de que pudiera bajarse la falda.

¡Dios Santo! Seguramente toda la manzana le había visto ya la ropa interior. Se sujetó la falda con una mano y trató de abrir la puerta.

Se había cerrado.

Estupendo. ¿Qué iba a hacer? Podía romper el cristal para abrir la puerta o podía tratar de llamar la atención de Franco. Rápidamente, se inclinó sobre la barandilla.

—¡Franco! ¡Franco! ¿Me oyes?

A pesar de que la puerta principal estaba debajo de ella, no se produjo respuesta alguna. Franco había mencionado algo de unos recados. También había dicho que regresaría dentro de media hora. Marnie decidió que le daría esa media hora y que después, si no regresaba, rompería el cristal.

Capítulo Tres

*M. tiene la falda. Ha sido tan fácil... Por supuesto,
no le diré nada de sus cualidades especiales.*

*Espero que sepa sacar lo mejor de ella. Vamos a salir
después para probarla...*

Zach no sabía por qué había elegido precisamente aquel momento para salir, pero se alegró
de haberlo hecho. Si no, no se habría fijado en la
guapa morena que había en un balcón al otro
lado de la calle.

¿De dónde había salido? Llevaba tres semanas
trabajando allí y conocía a la mayoría de las personas que vivían en el barrio, pero no la reconocía.

Se le había olvidado por qué había salido. Lo
único que era capaz de hacer era observar cómo
ella no hacía más que mirar la calle. Vio que se
agarraba la falda con fuerza, luchando contra el
viento. Tenía frío, porque no hacía más que fro-
tarse los brazos. Aunque no estaba del todo seguro, le parecía que estaba descalza. Si tenía frío,
¿por qué no entraba en el apartamento?

No hacía más que andar de arriba abajo por el
balcón. Entonces, se acercó a la puerta y la miró fijamente, la empujó un poco y, por último, tomó
una de las sillas que había en el balcón. Dio un
paso atrás. Al verla, Zach comprendió que iba a
romper el cristal.

–¡Espere! –gritó mientras atravesaba corriendo la calle–. ¡Ese cristal podría ser original de la casa! ¡Espere!

Ella lo oyó y se volvió a mirarlo, lo que dio tiempo a que Zach se deslizara entre los coches que había aparcados en la calle y se colocara debajo del balcón.

–No iría a romper el cristal, ¿verdad?

–Esa era la idea –replicó ella, tras asomarse por la barandilla del balcón. Me he quedado encerrada y tengo mucho frío. Ya ni siquiera siento los pies…

Zach la observaba atentamente. Le gustaba ver cómo hablaba, cómo movía los labios. Tenía una boca preciosa, aunque tuviera una ligera tonalidad azul. Además, pese a los esfuerzos de la joven, el viento no dejaba de alborotarle el cabello y la falda, algo que le gustaba especialmente.

Ella le dedicó una mirada de ira y volvió a agarrar la silla.

–Es mejor que se aparte. No quiero que resulte herido por un trozo de cristal o algo así.

–Espere un momento. Deje que vaya a buscar una escalera –sugirió él.

Mientras volvía a cruzar la calle, Zach solo tenía un objetivo en mente: acercarse a la mujer del balcón. Tras asegurarse de que tenía un juego de destornilladores pequeños, tomó una escalera y regresó al otro lado de la calle. Tras apoyarla contra el balcón, subió para encontrarse con la mujer de cabello oscuro. Una vez arriba, trató de encontrar un lugar en el que no hubiera plantas.

–Aquí –le dijo ella. Entonces, se echó a temblar.

Zach se despojó inmediatamente de la cazadora vaquera y se la colocó alrededor de los hombros. Las manos se le detuvieron un momento más de lo debido sobre los brazos. Ella pareció algo asombrada. A continuación, le dedicó una sonrisa de agradecimiento.

—Está caliente —susurró, arrebujándose en la chaqueta.

Zach no notaba el frío. No lo habría notado ni aunque hubiera estado nevando. Solo deseaba tomarla entre sus brazos y abrazarla hasta que dejara de temblar. ¿Qué tenía aquella mujer que lo hacía sentirse de aquella manera? Ni siquiera la conocía.

—Me está mirando muy fijamente.

—Yo… estaba pensando que le sienta muy bien esa cazadora.

—¿De verdad?

—Sí. ¿Cómo se llama?

—Marnie.

—Mi nombre es Zach Renfro.

—¿De Restauraciones Renfro?

—¿Ha oído hablar de nosotros?

—Bueno, lleva el nombre impreso en su furgoneta.

—Oh… Sí, claro —comentó Zach, tras volverse a mirar su vehículo.

—¿Es usted el dueño?

—Sí.

—¿Puede restaurar la cerradura de este balcón y hacer que vuelva a funcionar?

—Lo intentaré, Marnie —dijo. Le gustaba pronunciar aquel nombre.

Se obligó a centrar toda su atención en la cerradura, pero le resultó difícil, sobre todo porque la falda no hacía más que agitársele con el viento. Sintió un hormigueo por todo el cuerpo. Nunca antes había sentido algo así. No había razón para ello. No sabía nada sobre ella. Podría ser una ladrona tratando de forzar la entrada. Sin embargo, no le importaba. Se sentía muy atraído por ella…

Debía concentrarse.

–¿Ha estado cerrando de golpe esta puerta? Lo que ocurre es que el marco está algo flojo y el mecanismo de la cerradura se ha doblado, lo que ha provocado que se haya encajado.

–¿Qué significa eso?

–Que voy a tener que sacar la puerta de los goznes.

–¿Se estropeará?

–Bueno, antes de que yo llegara aquí, usted estaba dispuesta a hacer pedazos el cristal.

–Tiene razón –admitió ella con una sonrisa.

Zach le devolvió la sonrisa. Vaya… Sintió una descarga de electricidad. Rápidamente trató de volver a centrarse en la puerta. Momentos más tarde, consiguió sacarla de los goznes. Marnie entró corriendo en el dormitorio. Zach miró a su alrededor. Era bonito, pero no había nada personal en él. Parecía más bien la habitación de un hotel.

–¡Tengo tanto frío! –exclamó ella. Se dirigió rápidamente a la cama y, allí, tomo un par de calcetines que había en el suelo, al lado de unas feas botas marrones.

Zach la observó atentamente. Ataviada con la falda, la cazadora que él le había prestado y los calcetines, le pareció la mujer más sexy que había visto en toda su vida.

Cuando ella terminó de estirarse los calcetines, movió un poco los dedos de los pies.

–Creo que tal vez recupere la sensibilidad –dijo.

–Permíteme –sugirió Zach. Entró en el dormitorio y se arrodilló a sus pies.

43

–Yo…

–Relájate –le pidió él. Entonces, le tomó uno de los pies entre las manos y empezó a masajeárselo suavemente entre las manos–. ¿Cómo te sientes?

–Noto un ligero cosquilleo.

–Eso es bueno.

Zach sonrió y siguió masajeándole el pie, concentrándose en los dedos y en el talón. Entonces, Marnie emitió un ligero, pero devastador gemido.

–¿Te sientes bien? –preguntó él.

–Oh, sí. Te podrías ganar la vida con esto.

Zach sabía que podría seguir haciendo aquello toda una eternidad, pero notó que ella se estaba poniendo nerviosa. Después de todo, no lo conocía y estaban a solas en su dormitorio. Iba a tener que encontrar el modo de que Marnie lo conociera, porque él deseaba conocerla a ella.

–¿Se te cierra la puerta del balcón muy a menudo? –preguntó.

–No lo sé. Esta es la primera noche que paso aquí.

–No me extraña que no te haya visto antes por este barrio –comentó él, mientras pasaba al otro pie.

Al oír aquellas palabras, ella se tensó.

–Yo… En realidad, paso por aquí todos los días para tomar el tren.

¿Cómo era posible que no la hubiera visto?

–¿Te han silbado mis hombres? –preguntó, por si aquella era la causa de que se hubiera mostrado tan tensa–. No hago más que recriminárselo.

–No, no me han silbado –dijo ella, con voz seria–. Bueno, creo que los pies ya se me han calentado. Gracias.

–De nada –contestó él. Sentía que Marnie se iba

cerrando–. Mira, creo que ya que estoy aquí, voy a echarle un vistazo a esa cerradura.

–No es necesario. Se lo diré a mi casero y él hará que la arreglen.

Estaba tratando de deshacerse de él.

–Como mucho conseguirías que viniera alguien mañana –insistió él–. Mientras tanto, te podrías congelar –añadió. Entonces, se dirigió de nuevo al balcón y comenzó a desatornillar la cerradura.

–¿Estás seguro de que sabes lo que haces?

–Sí. He instalado más de una cerradura.

–Sí, claro.

A los pocos minutos, Zach volvió a colocar la cerradura en su sitio y comprobó el funcionamiento.

–Ya está –dijo–. Volveré a colocar la puerta.

–Gracias. Te agradezco mucho que me hayas ayudado.

Aquella era su oportunidad para pedirle una cita, pero no se le ocurría nada aceptable. Marnie volvió a tomar la palabra.

–Estoy en deuda contigo –añadió–. ¿Me permitirías que te invitara a tomar una taza de café o un bocadillo, si todavía no has cenado?

¡Sí! Zach estuvo a punto de romper uno de los goznes con el destornillador. Tenía que tranquilizarse.

–Lo del café me parece una buena idea. Tengo que ir a guardar la escalera y cerrar la obra. Regresaré dentro de cinco minutos como máximo.

–Muy bien.

Iba a pasar más tiempo con ella, lo que lo hacía muy feliz, tanto que no podía dejar de sonreír. Después de terminar de colocar la puerta, la abrió y la cerró para probarla. Hizo lo mismo con la cerradura hasta que se sintió satisfecho.

–Creo que me marcharé del modo en el que he llegado –dijo.

–De acuerdo. Me reuniré contigo abajo. Aquí tienes tu cazadora.

Zach se la puso y notó un dulce olor, que le parecía más bien champú o gel de ducha que perfume. Fuera lo que fuera, aquel aroma lo ponía muy feliz y lo excitaba ligeramente. No sabía lo que se había adueñado de él, tan solo que iba a dejarse llevar.

La miró una última vez antes de bajar por la escalera. Ella se estaba poniendo un parka azul marino, con adornos rosas, amarillos y verdes.

Zach parpadeó. Volvió a parpadear. Juraría que había visto aquella prenda con anterioridad. ¿Dónde? Se concentró un momento e, inmediatamente, lo recordó. La vagabunda de la otra noche. Aquella mañana, había visto cómo Franco le abría la puerta, lo que significaba… ¿Qué era lo que significaba?

Zach Renfro era un *sex symbol* en toda regla, y según la definición de cualquiera. Marnie no solía cruzarse con *sex symbol* y, además, aquel acababa de darle el mejor masaje de pies que había recibido en toda su vida.

Bueno, en realidad, era el único masaje de pies que había recibido en su vida, pero no se imaginaba que los masajes de pies pudieran darse mejor.

Le había mirado las manos mientras le daba el masaje y se había fijado en las pequeñas cicatrices y en las uñas cortas, que proclamaban que trabajaba con las manos.

La había rescatado sin romper el cristal, y lo mejor de todo era que no la había reconocido como la idiota que le había lanzado comentarios obscenos desde la acera. Era una segunda oportunidad. ¿Para qué? Marnie no estaba segura, pero decidió no dejar que se le escapara aquella oportunidad.

Esperaba que a Franco no le importara que llevara puesta la falda. Se puso rápidamente la parka para que Zach no se diera cuenta de que llevaba la camiseta al revés. Tras pensar si se iba a recoger el cabello como siempre, decidió que se lo dejaría suelto, ya que todo parecía ir tan bien. Entonces, cuando se dio la vuelta, comprendió que se había equivocado. Las cosas no iban nada bien. Zach había reconocido la parka. Con una sola mirada, él comprendería que era Marnie, la antinovia.

Bueno, aquella pequeña fantasía no había durado mucho tiempo.

–Sí, soy yo –dijo. Entonces, se quitó la parka. Ya no iba a ir a ningún sitio.

–¿Eres la fugitiva?

–No soy ninguna fugitiva –replicó ella–, aunque, en cierto modo –añadió con una triste sonrisa–, supongo que sí estoy huyendo de algo.

–¿De qué estás huyendo?

–De mí misma –respondió ella. Entonces, se sentó en la cama–, pero no hago más que encontrarme.

–La mayoría de la gente desea encontrarse a sí misma.

–¿Y entonces qué? ¿Qué se supone que hace uno consigo mismo?

–Vivir la vida, supongo.

–¿Y si no le gusta a una la vida que lleva?

–¿Por qué estabas en el balcón? –preguntó Zach, tras mirarla atentamente unos instantes. Su silencio era demasiado revelador.

–No, no estaba a punto de saltar. Te aseguro que no tengo ninguna intención de saltar. Te lo prometo.

–Me alegro, porque me debes una taza de café.

–¿Aún quieres que vayamos a tomarla? –preguntó ella, muy sorprendida.

–Por supuesto que sí. Si la memoria no me engaña, me dijiste que tenía un trasero muy mono.

Tras lanzar un gruñido, Marnie se cubrió el rostro con las manos.

–Esperaba que se te hubiera olvidado.

–¿Por qué? Te aseguro que me alegró el día.

–¡Qué patética soy!

–Venga, ponte otra vez el abrigo –dijo él, con una de sus deslumbrantes sonrisas–. Te espero abajo dentro de cinco minutos –añadió. Con eso, cerró la puerta del balcón y empezó a descender por la escalera.

Marnie no sabía lo que era peor, si el hecho de que Zach fuera tan amable, lo que la hacía sentirse más digna de compasión, o que la hubiera ignorado tantos días cuando pasaba a su lado.

Bajó las escaleras y se encontró con Franco. Estaba hablando con una joven adolescente, que iba vestida con unos vaqueros y un top minúsculo. Los dos interrumpieron abruptamente la conversación cuando se percataron de la presencia de Marnie.

–Ah, Marnie. ¿Te importa si Darcy nos acompaña? Vive en uno de los otros apartamentos.

–En realidad, creo que lo vamos a dejar para otro día. Mientras tú no estabas, me quedé encerrada en el balcón y Zach, el capataz de la obra de enfrente, me rescató y arregló la cerradura.

—¿De verdad? —preguntó Franco, muy contento.

—¿Sabías que la cerradura estaba rota?

—Claro que no. Estoy hablando de que te rescatara. Todo suena muy emocionante…

—No hay mucho que contar. Vino con una escalera y subió hasta el balcón. He dicho que iba a invitarlo a tomar un café para darle las gracias. Es lo menos que puedo hacer.

—A mí me parece que más bien es lo mínimo —replicó Franco, frunciendo el ceño.

—Está bien. Lo invitaré también a tomar un bocadillo, si le apetece.

—Bueno, creo que no estaría mal que lo invitaras con algo más de gracia.

—Te prometo que seré cortés.

—Tienes que tratar de ser encantadora. Tal vez así consigas ser agradable.

—¿Y de qué me va a servir? —replicó Marnie, tras recordar la expresión de Zach al reconocer la parka.

—Para practicar. Para eso.

—Bueno, en eso tienes razón…

—Quiero que te esfuerces por acordarte de todo y que me lo cuentes con todo detalle.

—¿Por qué?

—Porque quiero saberlo.

—Limítate a contárselo todo —dijo Darcy—. Es más fácil. Si no lo haces, no te dejará en paz hasta que lo consiga.

—Oh, Franco, no será para el guion… Dudo que vaya a ser muy emocionante…

—¿Qué es eso que llevas puesto?

—La falda… Creí que no te importaría…

–Estoy hablando del horror que llevas en los pies.

–Son los únicos zapatos que he traído –contestó Marnie, tras mirarse las botas–. Me gustan y ando bien con ellas.

–Ni siquiera la falda puede ayudar a anular esos zapatos –murmuró Franco. En aquel momento, Zach entró en el vestíbulo.

–Considéralo un look ecléctico –replicó Marnie. Entonces, se marchó antes de que Franco pudiera empezar a interrogar a Zach.

–¿Adónde vamos? –preguntó Zach después de que hubieran caminado en silencio unos metros.

–Creo que hay una cafetería calle abajo. Paso por delante de ella de camino al tren.

–¿Dónde trabajas?

–En Carnahan Custom Software. Programo códigos informáticos.

–Vaya, no pareces un genio de los ordenadores.

–Claro que sí. Eso es precisamente lo que parezco, y me enorgullezco de ello –añadió, mostrándole una de sus botas.

Zach se echó a reír. A Marnie le gustaba hacerlo reír y, de repente, se le ocurrió una idea. Él podría darle consejos sobre cómo conseguir citas con un hombre. Si era realista, tenía que comprender que él no iba a quedarse el tiempo suficiente después de aquella noche, a menos que llegara a algún acuerdo con él. Cuando llegaron a Caffeine Connection supo exactamente lo que podía ofrecerle.

Mientras caminaban, Marnie le fue contando pequeños retazos de su vida, detalles superficiales que Zach fue recogiendo y atesorando. Se sentía hipnotizado por ella. Todo lo que le decía le parecía profundo y todo lo que ella hacía lo fascinaba.

Recordaba con todo detalle el tacto de los pies de Marnie entre las manos. Si la piel de las pantorrillas era tan suave, ¿qué no sería la piel que nunca veía la luz del sol? Sentía la misma curiosidad por ella que por las casas que restauraba.

Entraron en la cafetería y pidieron café. Además, compartieron un enorme bocadillo de pechuga de pollo con mostaza. A Zach no le gustaba la mostaza, pero se tomó la mitad del bocadillo sin rechistar solo porque a Marnie le gustaba.

—El otro día… —empezó ella— los de tu cuadrilla silbaron a dos mujeres…

—Lo siento…

—No, no. Lo que ocurre es que no me silbaron a mí y eso fue después de que estuviera con unos compañeros de trabajo.

—¿Era uno de ellos tu novio? —preguntó, sin poder contenerse.

—No. De hecho, me dijeron que yo no soy la clase de mujer que un hombre desea por novia —dijo. A continuación, le contó todo lo que le había dicho un tipo llamado Barry. Zach comprendió enseguida que aquel tipo le gustaba a Marnie—. Por eso, me estaba preguntando si me podrías hacer un favor.

—¿Romperle todos los dientes a ese Barry? —replicó Zach.

—No. Enseñarme cómo convertirme en el tipo de chica que los hombres desean por novia.

—¿Cómo?

—No lo sé hacer bien, así que necesito algunas indicaciones. Mira, sé que yo no soy tu tipo… —añadió, al ver que él la miraba atónito.

–¿Y cómo lo sabes?

–Por favor… No importa. No todo el mundo es el tipo de todo el mundo, pero necesito algunas clases antes de que pueda convertirme en el tipo de alguien.

–¿Para conseguir a ese Barry?

–¡No! Solo quiero que cambie de opinión sobre mí, pero voy a necesitar ayuda.

–Sí, sí… Tú lo que quieres es que te desee para poder rechazarlo y vengarte así de él. Pues te aseguro que eso nunca funciona. Sigue gustándote y, cuando llegue el momento de rechazarlo, no podrás hacerlo.

–Vaya, parece que hablas por experiencia propia.

–¿Qué puedo decir? Yo también fui joven una vez. Por eso, te digo que te olvides de ese Barry y sigas con tu vida –afirmó Zach. Entonces, le dedicó a Marnie la mejor de sus sonrisas.

Ella no se dio cuenta. Aquello era algo que solía ocurrirle a Zach y que él no sabía cómo resolver.

–¡No puedo seguir con mi vida! ¿Es que no lo comprendes? El resto de los compañeros y él me despreciaron como mujer.

–No les hagas caso. Son unos idiotas.

–Lo sé. Lo que quiero es que ellos sepan que son unos idiotas, pero necesito tener cierta práctica como novia. O tal vez debería decir novia en prácticas. Lo que sea. Hasta Franco me lo dijo.

–En ese caso, búscate un novio. Así te convertirás en novia.

–Si yo pudiera hacer eso, esta conversación sería completamente irrelevante.

De repente, Zach se inclinó sobre ella y bajó un poco el tono de voz.

–¿Cómo puedes estar tan segura de que no eres mi tipo?

Se produjo un destello en los ojos de Marnie, pero, inmediatamente, ella apretó los labios y apartó la mirada.

–Por favor, deja de ser tan agradable conmigo.

De repente, Zach comprendió que toda la autoestima de Marnie se había esfumado por culpa de un estúpido compañero de trabajo. Además, él tampoco había colaborado mucho. A pesar de que él veía un gran atractivo en ella, comprendía que el resto de los hombres no vieran lo mismo.

Lo único de lo que se percatarían era de que ella no llevaba maquillaje, de que no llevaba el cabello bien peinado. Sus ropas eran únicas, no la clase de prendas que se ponían otras mujeres. Marnie carecía por completo de artificio. Era genuina. Tal vez se estuviera haciendo viejo, pero la apreciaba en todo su potencial, como las casas que él restauraba.

–A cambio, te montaría un sitio web fantástico.

–Ya tengo sitio web. Me lo diseñó un profesional.

–No fui yo –replicó Marnie, con una sonrisa–. Y yo soy la mejor.

–Eso fue lo que me dijo también el tipo que me lo diseñó. Y me cobró en consecuencia... –dijo Zach. Quería presionarla un poco.

–En realidad, tú no te podrías permitir el sitio web que yo diseñara. Estoy hablando de vídeos, sonidos, imágenes en movimiento... Todo. Ya tengo la idea para la página de inicio. Una enorme R aparece en la pantalla, vieja y raída, y empieza a verse renovada. Te aseguro que sería un sitio fantástico, no habrá restricciones de presupuesto.

Mientras hablaba, Zach sintió un vínculo entre ellos. Ella podría haber estado diciéndole: «No te lo puedes permitir, pero lo voy a hacer de todos modos solo por orgullo. Solo porque puedo y quiero hacerlo». Zach comprendía aquel lenguaje. Lo vivía. Encontrar a una mujer que sentía lo mismo...

–Muy bien, trato hecho –dijo. En realidad, no le importaba el sitio web, sino que, mientras Marnie lo elaborara, podría estar con ella. Tenía que estar con ella.

Tal vez Marnie no lo supiera, pero seguía colgada de aquel imbécil de Barry y lo estaría hasta que él admitiera que era una mujer deseable. Zach se encargaría de ahorrarles a todos mucho tiempo y demostrarle, allí mismo, que era una mujer de lo más deseable. Sin embargo, sabía que Marnie no lo creería. Por eso, iba a darle todas las clases que deseara, aunque no tenía intención de entregarla después a Barry. Barry había perdido su oportunidad. Punto y final.

Capítulo Cuatro

El poder de la falda es tremendo y no le afectan las distancias. A los pocos instantes de que M. se la pusiera, atrajo la atención de un capataz que trabaja enfrente del apartamento. Por la expresión que él tenía en el rostro, he deducido que se encuentra con toda seguridad bajo la influencia de la falda.

M. es un diamante en bruto. Afortunadamente, es consciente de que necesita pulirse y ha prometido ir de compras hoy mismo. Le he reservado una clase de maquillaje y estilo con Cecily, de la boutique y peluquería New Dawn.

He de reconocer que la falda ha demostrado su notable poder en la más difícil de las circunstancias. Me siento atónito. Completamente atónito. Esta noche, M. va a practicar sus artes con el capataz, al que yo investigaré para ver si es adecuado.

—¡Deberías habérmelo preguntado antes de concertarme esa cita, Franco! Podría haberse dado el caso de que hubiera tenido que trabajar durante la hora del almuerzo —protestó Marnie, desde su asiento del salón de belleza.

Mientras tanto, Cecily, una rubia platino con el cabello de punta, estaba examinándole el cabello.

—Voy a hacerle unas capas —dijo. Franco asintió.

—La dejaré en tus manos mientras yo voy a la boutique a ver qué puedo encontrar.

–Acabo de recibir unos tops muy monos –comentó Cecily mientras empezaba a cepillarle el cabello a Marnie.

Franco tomó las muestras de color de Marnie y se marchó a la boutique.

«Debo de estar loca para hacer esto», pensó Marnie. Sin embargo, aquella noche iba a ver a Zach para recibir su primera clase y, después, no regresaría al apartamento hasta la semana siguiente. Tenía que sacarle el mayor provecho posible.

–Tengo que cortarte unos tres centímetros y medio para sanearte las puntas –dijo Cecily. Marnie asintió–. Voy a ponerte un poco de acondicionador.

–Solo tengo una hora para almorzar... –le recordó ella, aunque nadie le hizo caso.

Marnie estaba tumbada de espaldas, con la cabeza metida en el lavabo y el cabello remojándosele bien en acondicionador cuando Franco apareció por encima de ella.

–Mira lo que he encontrado –le dijo, mostrándole un jersey color turquesa–. Es tu color. También está en rojo.

A Marnie le gustó el color, pero el jersey era de punto muy fino y de manga corta.

–Creo que voy a tener frío con él.

–Sabía que dirías eso –comentó Franco–. Aquí tengo uno idéntico, pero de manga larga. ¿Qué te parece?

–Es muy pequeño.

–Te aseguro que se estira donde se tiene que estirar.

–¿Lo hay en una talla mayor?

–Sí, pero no te lo voy a vender –intervino Cecily–. De hecho, a mí me parece que necesitas una talla menos.

–¿Cómo?

–No lo creo –replicó Franco–. La línea que separa lo sexy de lo desvergonzado es muy fina.

–¿Y tú cómo lo sabes? –preguntó Cecily mientras empezaba a enjuagarle el cabello a Marnie.

–Cielo, te aseguro que tú no la has visto en años –le espetó Franco–. Mira, Marnie, quiero que te compres también el rojo.

–Bueno, lo que tú digas –susurró ella.

–Fabuloso. Voy a apartártelos. Ahora, tengo que marcharme. La semana que viene, nos ocuparemos de los pantalones. Por esta noche, puedes ponerte la falda negra y uno de estos tops. Cecily te maquillará. Cecily, por cierto, es otoño profundo.

–¿Maquillaje? –preguntó Marnie, alarmada, tras mirar las gruesas líneas con las que Cecily se delineaba los ojos–. El maquillaje no me va mucho, de verdad. No estoy segura de que me quiera maquillar.

–Calla, Marnie –le dijo Franco–. ¡Ah! Se me había olvidado lo de los zapatos. Bueno, veré lo que puedo hacer –añadió, antes de salir corriendo por la puerta.

–¿Sabes una cosa? –le preguntó Cecily a Marnie–. Deberías dejarme que te pusiera mechas.

–Bueno, creo que para ser el primer día ya son demasiados cambios.

–Sí. Además tendrías que venir para un par de horas –comentó Cecily mientras tomaba las tijeras.

–¿Cómo conociste a Franco?

–Viene aquí a hacerse la manicura. Por cierto, a ti te vendría bien hacértela. ¿Tienes una cita esta noche?

–No se trata exactamente de una cita, sino más bien de una clase.

A los pocos minutos, Franco regresó con dos cajas de zapatos.

–Te tiene que servir uno de estos. Voy ya tan retrasado…

–Espero que no tengan tacón –le advirtió Marnie mientras se desabrochaba los cordones de las botas.

Franco abrió la primera de las cajas y le mostró un zapato negro.

–Mules con tacón de carrete.

–¡Qué monas! –exclamó Cecily.

–¡Venga ya! –protestó Marnie–. ¿Cómo creéis que voy a conseguir mantener el pie dentro y, además, conseguir andar?

–Claro que se puede andar –replicó Franco–. Póntelo.

Marnie se levantó de la silla, asombrada de que Franco hubiera sabido su número.

–Estoy segura de que este zapato lo ha diseñado un hombre para oprimir a las mujeres haciendo que se sientan indefensas –dijo. Se levantó la pernera de los vaqueros e introdujo el pie en el zapato–. ¿Por qué diablos querría una mujer llevar…? ¿Me puedo poner el otro?

En silencio, Franco le entregó el otro zapato.

–¿Tienes un espejo?

Cecily le indicó que fuera a la boutique. Marnie se dirigió allí inmediatamente, con el cabello completamente mojado. Cuando llegó frente al espejo, no pudo dejar de mirarse los pies mientras aprendía a caminar con los zapatos.

Eran monísimos. Se estaba aún mirando al espejo cuando Franco se acercó a ella.

58

–Tengo unos pies muy bonitos –dijo ella–. ¿Qué hay en la otra caja?

–También son unos mules, pero de tacón más grueso, de piel negra entrelazada con blanca y reflejos plateados. Algo más atrevidos.

–Dámelos.

Franco se los entregó y, muy ansiosa, Marnie se los puso.

–Oh… –susurró, mirándose atónita al espejo–. Son preciosos. ¿Me puedo quedar con los dos pares?

–Eso queda entre tu tarjeta de crédito y tú, querida –comentó Franco, con una sonrisa.

Con más habilidad, Marnie regresó a la peluquería, donde la estaba esperando Cecily, sacó la tarjeta del bolso y se la entregó a Franco.

–Haré que el empleado de la zapatería te traiga el recibo para que lo firmes –dijo él–. Tengo que marcharme. Hasta esta noche.

–Gracias, Franco.

–De nada –replicó él. Le lanzó un beso a ella y otro a Cecily–. Cecily, convéncela para que se haga una pedicura.

–¿Tienes tiempo? –le preguntó Cecily.

–¿Me puedes pintar las uñas de rojo? –repuso ella.

–Claro.

–En ese caso tengo tiempo.

Zach había estado pensando en Marnie todo el día. Habían quedado aquella noche para cenar y no tenía ni idea de cómo empezar sus «clases». Estaba trabajando en un trozo de madera cuando Franco entró en la habitación en la que él estaba.

–Un momento de tu tiempo, por favor.

–Estoy muy ocupado –replicó Zach. No quería perder el tiempo confraternizando con los vecinos cuando aún quería terminar aquella pieza y ducharse antes de ir a recoger a Marnie.

–Como yo –repuso Franco–. Esta noche vas a salir con Marnie –añadió. No era una pregunta.

–Sí, ¿alguna objeción?

–Todavía no lo sé.

–¿Qué es lo que pasa? –preguntó Zach, incorporándose de su mesa de trabajo–. ¿Acaso me vas a investigar?

–Sí.

–Ahórrate el dinero. No soy ningún asesino en serie.

–Tengo una amiga que es muy eficaz, pero es mucho más fácil con el número de la seguridad social –replicó Franco.

Zach notó una firmeza en la voz de Franco que lo sorprendió.

–Dime una cosa, Franco. ¿Por qué te preocupas tanto?

–Marnie es una mujer inteligente, pero algo ingenua –respondió Franco–. Te ha conocido porque ha alquilado mi apartamento. Por lo tanto, me considero responsable de su bienestar.

Zach se quedó muy impresionado por las palabras de Franco. Estaba aceptando una responsabilidad de la que muchos hombres saldrían huyendo. Aquello le produjo tanta admiración que, sin rechistar, le dio el número de la seguridad social y el de su permiso de conducir.

–No voy a encontrar nada que no me guste, ¿verdad?

–No. ¿Quieres también la dirección de mis padres?

–¿Viven en San Francisco?

–Sí.

–En ese caso, sí, por favor.

Zach le dio la dirección de la residencia de sus padres en Pacific Heights, sabiendo que aquello impresionaría a Franco. Sin embargo, él la anotó sin proferir comentario alguno.

–Una cosa más. Marnie se ha esforzado mucho. Te agradecería que le dedicaras algún cumplido.

–Te aseguro que eso ya lo he hecho antes.

–Estoy seguro de ello –replicó Franco, tras cerrar su bloc de notas–. Con esto me servirá. Muchas gracias.

Zach lo observó completamente atónito mientras se marchaba.

Marnie se miró en el espejo del dormitorio y trató de acostumbrarse a su nuevo aspecto. También le costaba decidirse entre los dos tops y los dos pares de zapatos.

Al final, se decidió por el top rojo y las mules negras porque llevaba las uñas de los pies pintadas de rojo. Antes nunca se había preocupado de sus pies, pero no podía dejar de mirárselos. Las piernas también parecían tener un aspecto diferente. Tenían un aspecto digno de la falda. Decidió que, como no podía seguir pidiéndosela prestada a Franco, lo mejor sería que se comprara una igual.

En cuanto al maquillaje, no sabía qué opinar. La habían sometido a una horrible tortura con la cera para las cejas y aún le dolía la zona. A pesar del aspecto tan agresivo de Cecily, le había aplicado el maquillaje con ligereza, pero, Marnie parecía una mujer completamente diferente. Todo había cambiado. El cabello le brillaba. Aquella tarde ni siquiera había vuelto al trabajo, porque después de empezar con los tratamientos de belleza, le había resultado imposible parar. ¿Cómo podía haberse descuidado durante tanto tiempo?

Se había realizado la manicura francesa, un masaje facial y un tratamiento de aromaterapia. No le importaba la factura que iba a recibir.

Incluso se había comprado ropa interior, algo que Franco, afortunadamente, no había mencionado. Por desgracia, no estaba segura de lo que había comprado. El sujetador tenía un relleno líquido que le daba un cierto aspecto de Barbie. Podía retirarlo, pero decidió que, si iba a hacer aquello, lo haría bien. Seguramente Zach le haría saber si se había equivocado.

Por fin, tomó su parka y se dirigió hacia las escaleras, andando muy cuidadosamente. Cuando llegó al vestíbulo, Franco colgó el teléfono al verla.

—Franco, ¿qué te parece? —le preguntó. Extendió los brazos y se dio la vuelta.

—Oh, Marnie… Esto va a ser fabuloso. ¿Puedo mirar?

—¿Mirar qué? Estoy bien, ¿no?

—Estás mucho mejor que bien y lo sabes. Sin embargo, esto —dijo, tratando de tomarle el abrigo—, se queda aquí.

—¡Me voy a morir de frío! —protestó ella.

—El señor Renfro se asegurará de que no pases frío —afirmó él.

De mala gana, Marnie se acercó a Franco y le entregó el abrigo.

—¿Qué sabes de Zach Renfro, Marnie?

—Es el dueño de Restauraciones Renfro y parece una persona muy agradable.

–Por suerte para ti, así es –dijo Franco, con un suspiro. Entonces, tomó su omnipresente libreta–. De hecho, creo que nunca he conocido a dos personas más perfectas. No sé de qué vais a hablar.

–¿Qué significa eso? ¿Es que lo has investigado? –quiso saber Marnie, mientras miraba las notas.

–Sí, tal y como tú deberías haber hecho.

–¡No me puedo creer que hayas hecho eso!

–Eres demasiado confiada. Tienes que tener más cuidado.

–Esto no es Nueva York, Franco.

–No, es San Francisco.

–¿No te parece algo exagerado investigar a Zach?

–Me parece eficiente. Ahora, sabemos que prácticamente anda encima del agua.

–¿Qué es lo que has descubierto?

Franco se ocultó el cuaderno contra el pecho.

–Tengo que dejaros algo para que podáis hablar, pero debo decir que los dos sois unos ciudadanos tan honrados que da miedo. ¿Cuánto dinero te has gastado hoy? –preguntó Franco, para cambiar de conversación.

–Mucho –admitió Marnie–, pero creo que ha merecido la pena.

–Bien. Ahora, voy a colocar la silla para la gran entrada. Tú deberías colocarte a la derecha. Mete el estómago, saca pecho –añadió, tras exhalar una tosecilla–. Vas a causar una revolución.

Marnie sonrió y se sacó un pie del zapato.

–Son las uñas de los pies, ¿verdad?

Franco lanzó un bufido.

***

Zach tuvo que aparcar delante de la entrada del aparcamiento subterráneo, por lo que, cuando miró por la ventanilla y vio que Marnie ya estaba en el portal, charlando con Franco, se sintió muy aliviado.

Abrió la puerta y entró en el edificio.

—Me gustan las mujeres que no hacen esperar a los...

Se había quedado atónito al verla. Marnie, porque tenía que ser Marnie, se había dado la vuelta. El cabello le brillaba y le caía por el rostro iluminado, un rostro que tenía unos enormes ojos castaños y hermosos labios rosados. La ropa parecía haberle encogido. No llevaba las botas.

Estaba preciosa.

—Me encanta —susurró Franco—. Me encanta —añadió. Dejó el abrigo y empezó a tomar notas como un poseso.

—Hola, Zach —dijo Marnie, muy suavemente.

Él se había quedado sin palabras. Marnie era... era... el sueño de cualquier hombre. Era demasiado hermosa como para ser real.

—Atónito y sin palabras —murmuró Franco, mientras escribía.

Cuanto más miraba, más sospechoso se volvía Zach.

—¿Es esto una broma? —dijo. La sonrisa de Marnie se heló en los labios—. ¿O es una prueba? ¿Una de esas que aparecen en los programas de cámara oculta? ¿Eres la hermana gemela de Marnie?

Franco escribía sin parar.

—Esto es mejor que nada de lo que yo podría haber imaginado —decía. Zach se acercó a él.

—¿Qué es lo que está pasando?

Franco suspiró y dejó a un lado su libreta.

–Marnie está a punto de alcanzar todo su potencial como mujer.

–Yo diría que ya lo ha alcanzado… ¿Qué es lo que está pasando aquí?

–Lo que está pasando es que tú te estás comportando de un modo muy raro –le dijo Marnie.

Franco dejó su cuaderno y se puso de pie.

–Nadie había mencionado un genio tan malo en el informe, Zach. No estoy seguro de que deba permitir que Marnie salga contigo.

–Como si tú pudieras impedírmelo –le espetó él.

–Claro que podría. Tengo cinturón negro…

–Estoy seguro de ello. Vamos, Marnie. Quiero algunas respuestas –dijo Zach. Entonces, trató de agarrarla del brazo, pero algo se lo impidió. Franco. Cuando trató de zafarse de él, le resultó imposible. El portero era todo músculo.

–Franco, no sabía que eras capaz de hacer eso –comentó Marnie, al ver la llave con la que había inmovilizado a Zach.

–Puedo hacer mucho más, tal y como descubrirá el señor Renfro si persiste en sus intenciones.

–Te aseguro que el señor Renfro puede jugar sucio si quiere –replicó Zach

–Venga, tranquilos, chicos –les aconsejó Marnie, con una sonrisa–. Zach, ¿qué es lo que ocurre?

–Que… que estás… diferente –confesó él. La sonrisa volvió a borrársele de los labios.

–¿Significa eso que… que no te gusta el aspecto que tengo? Porque a mí sí. No es algo para todos los días, pero resulta divertido para variar.

–Claro que me gusta el aspecto que tienes, Marnie. También me gustaba el aspecto que tenías ayer, pero... Maldita sea, Marnie, esto hay que advertirlo –dijo. La miró de los pies a la cabeza, observando el jersey rojo, el modo en el que la falda negra se le ceñía a las caderas...

–Un momento. ¿Te has enfadado porque estoy muy guapa?

–Por fin lo entiendo –intervino Franco–. Pensaba que le estábamos gastando una broma...

–Creo que sería mejor que volviera a empezar, si aquí el señor cinturón negro me lo permite –afirmó Zach.

–Buena idea –repuso Franco. Entonces, lo soltó inmediatamente.

–Marnie, estás... Estás maravillosa –anunció, extendiendo las manos.

Ella se quedó inmóvil un instante. Entonces, se volvió a mirar a Franco.

–¿Ha estado eso bien?

–Muy bien –confirmó el portero–. Ahora, marchaos.

Zach le tomó la mano a Marnie. Ella le dedicó una resplandeciente sonrisa.

–Franco me dijo que no permitirías que pasara frío.

–Recuérdame que no subestime a ese hombre. Efectivamente, tengo que disculparme por mi comportamiento, pero me resulta algo difícil. Estás estupenda, pero no quería que pensaras que antes no estabas bien, ¿sabes? Lo que ocurre es que estás bien de un modo diferente.

–¿Estás diciéndome que debería tener este aspecto cuando salgo con un hombre?

A Zach no le gustaba la idea de que ella fuera a salir con otros hombres. Aquello era una mala señal. Significaba que había llegado a la etapa posesiva y, sinceramente, no sabía cómo. En efecto, Marnie estaba increíble, pero él se había empezado a sentir atraído por ella cuando su aspecto era mucho más normal.

—¿Puedo decirte que tú también tienes muy buen aspecto? –preguntó ella–. Porque es cierto.

—Por supuesto que sí...

—Lo que quería decir es que... ¿Sería el comportamiento típico de una chica?

—¿Por qué crees que se te tiene que enseñar este tipo de cosas?

—Ya te lo he explicado...

—Sí, pero no me lo creo, y mucho menos cuando tienes ese aspecto. ¿Qué te parece si vamos a buscar a ese Barney o Barry, como se llame, ahora mismo? Haremos que babee un poco y que después muerda el polvo.

Marnie se echó a reír. Acababan de llegar a la puerta del coche de Zach. Él se inclinó y le abrió la puerta.

—Eres tan divertido...

Sin embargo, Zach no había estado bromeando. Ella se dispuso a entrar en el coche de la manera habitual. Entonces dudó y volvió a incorporarse.

—No estoy acostumbrada a llevar tacones y falda –musitó–. Tengo que sentarme y hacerme girar –añadió, con una sonrisa–. Estoy recordando los consejos de mi madre. Resulta sorprendente cómo ese tipo de cosas pueden estar enterradas durante años y luego salir cuando se las necesita.

Rápidamente, procedió a entrar en el coche con un fluido movimiento. Zach permaneció de pie, mirándola. Falda negra, piernas... No era nada que no hubiera visto antes. Nada que lo hiciera comportarse de un modo irracional.

Cerró la puerta y respiró hondo con la esperanza que aclararse el pensamiento y la cabeza, algo que necesitaba desesperadamente.

Solo era una mujer. Decidió que su objetivo para el resto de la velada era la normalización. Zach abrió la puerta del conductor y entró en el coche. Rompería aquella inexplicable atracción o, al menos, trataría de controlarla para que ella no lo controlara a él. Aspiró profundamente. Control. Acababa de recuperar el control.

Capítulo Cinco

Zach se metió en el coche y miró a Marnie. Ella parecía estar teniendo algunos problemas para ajustarse el cinturón de seguridad. Con los esfuerzos, el jersey rojo parecía estirársele aún más.

Agarró con fuerza el volante y fijó la mirada al frente. Al contrario de lo que se había imaginado, no había recuperado el control.

Alguien tocó un claxon.

—Estás bloqueando la entrada al aparcamiento —le dijo Marnie.

Zach arrancó el coche a toda velocidad. Sin embargo, tuvo que detenerse en el semáforo, que acababa de ponerse en ámbar.

—No te has puesto el cinturón. Si vas a conducir así, creo que deberías hacerlo.

Zach se colocó el cinturón con un brusco movimiento.

—Muy bien. Lección número uno: bajo ninguna circunstancia debes criticar el modo en el que conduce un hombre.

—¿Aunque conduzca mal?

—No lo estarías criticando si condujera bien, ¿no te parece?

—Entendido. Ningún comentario sobre el modo de conducir. ¿Puedo preguntar si puedo conducir yo?

—No. El hombre es siempre el que conduce.

–¿Y si es mi coche?

–¿Tienes coche?

–No.

–Entonces, eso carece de importancia.

–¿Y si me lo compro?

–El hombre conduce siempre.

El semáforo cambió en algún momento de la conversación, pero Zach solo se dio cuenta cuando el conductor del coche que había detrás de él le tocó el claxon. Muy irritado, metió mal la marcha, lo que lo irritó aún más. Cruzó rápidamente la intersección y se lanzó a toda velocidad por la colina.

–¿Y si el hombre conduce rematadamente mal?

–No salgas con él.

–Bueno, no puedo saber cómo conduce antes de acceder a salir con él, ¿no te parece?

A Zach se le caló el coche tras detenerse en otro semáforo, lo que provocó nuevos gestos de protesta en el conductor que iba detrás. No solo había perdido el control de su libido, sino también del coche que conducía.

–Me alegro de que esta no sea una cita de verdad –comentó ella–, porque creo que estás conduciendo muy mal, pero no te podría decir esto si se tratara de una cita auténtica, ¿verdad?

–No.

–¿Te puedo preguntar adónde vamos?

–Deberías saber adónde vas antes de la cita –le espetó él.

–No me lo has dicho.

–No me lo has preguntado.

–¡Pero si me dijiste que no lo hiciera!

–En realidad, lo que te dije fue que, cuando estás en el coche, deberías saber adónde vas.

–Detén el coche.

–Marnie…

–Quiero hacerlo bien. Creo que tienes razón, pero estás algo enfadado. Eso era lo que te iba a decir a continuación.

–No estoy enfadado, tan solo… algo nervioso –dijo, por no mencionar las palabras «frustrado sexualmente».

–¿Por qué?

Zach sabía que ella no estaba jugando con él. En realidad no lo sabía. Zach sí sabía que era la víctima de una repentina y fuerte atracción que no quería ni podía explicar. Deseaba que Marnie se sintiera atraída por él, pero o ella no lo estaba, lo que hería su orgullo, o lo estaba, pero podía ocultarlo muy bien.

–Son cosas del trabajo –mintió.

–¿Me vas a hablar de ello?

–Bueno, los dueños de la casa en la que estoy trabajando ahora están protestando porque la renovación está tardando mucho más de lo que ellos esperaban –dijo, lo que era cierto–, pero yo les di un presupuesto antes de empezar y voy muy justo con los plazos. No hacen más que recordarme lo mucho que les está costando, pero ellos aceptaron el presupuesto que yo les entregué. Además, yo no reparo, restauro.

–¿Cuál es la diferencia?

–Dejo el edificio en su estado original… Situaciones como la que estoy viviendo en estos momentos me ponen de mal humor.

–Entonces, si tienes un contrato, ¿qué es lo que pueden hacer los dueños de la casa?

–Pueden pagar los costes incurridos hasta la fecha de cancelación, la multa por cancelación del contrato. La casa se queda tal cual está. Sin embargo, en este caso, he estado presionando a mis hombres para que trabajen tan rápido como sea posible. Tal vez los propietarios cambien de opinión.

–Creo que lo que te preocupa no es quedarte sin trabajo, sino dejar la casa tal y como está. Si los dueños contratan a otra persona para terminar el trabajo...

–No lo harán –replicó Zach–. No hay nadie más que haga el trabajo por lo que yo les he presupuestado.

–Entonces, o cambian de opinión o la casa se quedará tal cual, abandonada, y terminará por derrumbarse. Tú no podrías soportar eso, ¿verdad?

Marnie lo había comprendido. Zach respiró profundamente y se relajó por primera vez desde que estaban juntos. Resultaba extraño que, tras solo llevar menos de una hora con ella, Marnie hubiera comprendido algo que solo la familia de Zach era capaz de entender.

–Esas casas sobrevivieron al terremoto y los fuegos de 1906. Sería una pena que desaparecieran. Se merecen algo mejor.

–¿Y no puede adquirirla tu empresa? Podríais arreglarla y venderla para obtener beneficios.

–No. En estos momentos no dispongo de capital.

Pasaron los siguientes minutos en un cómodo silencio. Zach estuvo pensando en la casa y no en Marnie, lo que tenía que significar que había vuelto a la normalidad. Se estaba felicitando por ello cuando Marnie volvió a tomar la palabra.

–Zach...

–¿Sí?

–Aún no me has dicho adónde vamos.

–A Seasonings. Es un restaurante muy de moda.

–Sé lo que es.

–Vamos a ir allí para que puedas ver a las solteras de San Francisco en acción. Además, te podrían llevar allí en alguna ocasión para una cita.

–Eres muy listo.

–Lo intento.

–¿Has estado allí antes?

–He estado en lugares parecidos. Este también es nuevo para mí.

–Entonces, ¿no estás saliendo con nadie?

–No.

–¿Por qué no? ¿O acaso no puedo preguntar?

–Claro que me lo puedes preguntar, pero, en una cita normal, se habla de las relaciones del pasado algo más tarde en la misma velada o, mejor aún, en la segunda cita.

–Muy bien. Entonces… ¿por qué no estás saliendo con nadie? –insistió ella, tras dejar que pasaran algunos segundos.

Zach se había imaginado que ella iba a insistir, pero le costó explicarse.

–Yo… Ella me presionó demasiado.

–¿Quería un compromiso?

–Quería que yo cambiara. No quería aceptar que me gustara mi modo de vivir y de trabajar. No es glamurosa ni proporciona muchos ingresos. Estuve en un despacho. No pienso volver a hacerlo.

–¿Te pidió ella que cambiaras?

–No con tantas palabras, pero, para ser justos, ya estábamos comprometidos antes de que yo dejara el despacho y empezara a trabajar restaurando casas. Tuve que liquidarlo todo para conseguir el capital suficiente y empezar el negocio. A

Caitlin no le gustó nada mi nuevo apartamento ni las muchas horas que tenía que trabajar. Además, odiaba mi furgoneta. Siempre teníamos que ir en su coche.

Marnie acarició suavemente los asientos de piel del Audi TT de Zach.

–¿No le gustaba este coche?

–Entonces no lo tenía. Se lo compré a mi padre cuando él adquirió uno nuevo. Nuestros padres son amigos y ella pensó que llevaríamos el mismo tipo de vida.

–¿Sabes una cosa? –dijo ella, tras una pequeña pausa–. Me estoy esforzando mucho por comprenderte, pero no hago más que pensar que tú cambiaste tu estilo de vida después de que ella se comprometiera contigo.

–Lo sé, pero, sinceramente, había esperado más apoyo de mi futura esposa.

–¿Lo hablaste con ella de antemano?

–Ella sabía que mi pasión era la restauración.

–Creo que tomaré eso como un no.

–No quería que me hiciera cambiar de opinión –admitió él.

–¿Crees que podría haberlo hecho?

–No.

–Y, sin embargo… También era su vida.

–Por favor. He oído todo esto en un montón de ocasiones. Ella nunca me dio oportunidad. Rompió el compromiso en dos semanas.

–Bueno, sí. Cuando se dio cuenta de que no había futuro.

–Al menos no el que ella deseaba. Podría haber demostrado algo más de fe… Todo el mundo cree que esto es tan solo una fase en mi vida –añadió, pensando en Caitlin e incluso en su propia madre.

Miró a Marnie algo disgustado. Había pensado que ella era diferente. Había pensado que Marnie lo comprendería porque sabía lo que él sentía por las casas victorianas. Para ser alguien que hablaba tanto, no decía nada. No pudo soportarlo.

–Tú también crees que estoy equivocado, ¿verdad?

–Sobre lo de no haber hablado de los cambios tan importantes que ibas a realizar en tu vida con tu prometida, por supuesto. Sobre lo de perseguir tu sueño, en absoluto.

Marnie sí lo comprendía.

–Te aseguro que todas las mujeres que conozca a partir de ahora sabrán inmediatamente que restaurar esas viejas casas victorianas es lo más importante de mi vida.

–¿Lo más importante? –repitió Marnie, entre risas–. Eso es porque aún no has conocido a la mujer adecuada.

Marnie comprendió lo más importante de la vida de Zach. Nada ni nadie conseguirían apartarlo de su empeño por restaurar las casas victorianas.

Lo había entendido. Como si hubiera pensado alguna vez que tenía alguna posibilidad con él… Lo miró mientras se acercaban a Seasonings. Para él, seguramente era tan solo un entretenimiento. Tenía que restaurar a Marnie y lanzarla a la vida.

El aparcacoches le abrió la puerta, pero, antes de que pudiera salir, Zach apareció delante de ella y la ayudó a salir

–La ciudad es tan hermosa por la noche –dijo Marnie, tras mirar a su alrededor–. Ahora puedo disfrutarla sabiendo que no tendré que terminar temprano la noche para marcharme a casa.

–¿Por qué no te mudas a la ciudad? ¿Es demasiado caro? –preguntó Zach, mientras la guiaba hacia la entrada.

–Por eso y porque quería estar al lado de mi madre después de la muerte de mi padre. Le pago un pequeño alquiler, pero no es nada comparado con lo que tendría que pagar si viviera en mi propio apartamento de la ciudad. El alquiler que le pago a Franco por dos días es casi igual a lo que le pago a mi madre por todo el mes.

Las puertas del restaurante se abrieron. Se vieron envueltos por la penumbra y por una sutil música jazz. Había mucha gente esperando en la barra del bar, ya que parecía que todas las mesas estaban ocupadas.

Zach habló con la encargada de las mesas, que los llevó a otra sala. Allí también estaban todas las mesas ocupadas. Sin embargo, la mujer los acompañó a una mesa que estaba en el centro de la sala. Este hecho hizo que Marnie se sintiera muy incómoda. Allí la podía verla todo el mundo.

Todo el mundo la estaba mirando. Se volvió para mirar a Zach y ver si él se había dado cuenta. Todas las mujeres de la sala estaban mirando a Zach y sus parejas las miraban para saber a quién estaban observando.

Trató de relajarse y tomó asiento.

–Muy bien, ¿cuál es la primera lección que puedes darme? –le preguntó, al ver que Zach no decía nada–. Mi pareja y yo hemos tomado asiento.

–¿Bebes?

–De vez en cuando me gusta tomarme una copa.

–En ese caso, la regla es que debes tomar una, y solo una, bebida alcohólica.

–No tienes que preocuparte. No me voy a emborrachar.

–Además, debes mantener esa única bebida a la vista en todo momento. No quieres que nadie te eche en el vaso algo que no deba estar allí.

–¡Dios Santo! Franco y tú sois un par de desconfiados.

–Solo tienes que tener cuidado hasta que des tus primeros pasos en este mundo.

–Mmm –susurró ella. Entonces, muy juguetona, sacó la pierna de debajo de la mesa–. Yo creía que con estas piernas no me iría mal…

–No están mal –dijo él, tras mirárselas de arriba abajo.

Cuando volvió a mirarla a los ojos, Marnie vio que estos decían mucho más. Mucho más, más de lo que ella estaba preparada a afrontar. Ella solo había hecho aquel comentario en broma. ¿Y él no?

No lo sabía. De repente, sintió que el pecho se le tensaba, lo que no tenía nada que ver con su sujetador nuevo. ¿Por qué era que, cuando Zach la miraba, lo hacía de un modo muy sexy, pero cuando lo hacían otros hombres, en las raras ocasiones en la que se había encontrado con aquella mirada, le parecía obsceno?

Si Zach no estaba bromeando, ¿por qué permitía que sus ojos dijeran cosas que no debían? ¿Acaso no se había dado cuenta? Mientras Marnie deseó tener una copa delante de la mesa, vio que él sonreía. Estaba jugando con ella. ¿No? Decidió guardar la compostura.

–¿Y mi acompañante? ¿Hay reglas para él?

–Lo adecuado es que él también tome una sola copa –dijo–. Si pide una segunda, considéralo una advertencia. A la tercera, llama a un taxi.

–¿No sería mejor que le dijera que voy a conducir yo?

–No. No lo conoces lo suficientemente bien como para aceptar esa responsabilidad.

–Entonces, estás diciendo que más tarde...

–Lo que te estoy diciendo es que no habrá «más tarde», Marnie. Tú no necesitas salir con hombres estúpidos.

–Entendido. ¿Qué copa debo pedir? –preguntó ella.

–El martini es lo que está más de moda.

–Muy bien. Pues tomaré un martini con vodka y sidra de manzana –le dijo a la camarera, que acababa de llegar.

–Y yo un whisky con hielo.

–¡Un momento! –protestó ella–. ¿Por qué no has pedido tú un martini?

–No es una bebida de hombres.

–¡Por favor! ¿Acaso no ves a todos esos hombres de la barra con copas de martini en la mano? ¿Y qué me dices de James Bond? Él es hombre.

Zach miró un momento a la vela que había en el centro de la mesa y luego a la camarera.

–Un martini. Seco.

La camarera se marchó rápidamente.

–¿Vas a dejarme probar tu martini? –le preguntó Marnie.

Zach le miró los labios, pero no dijo nada más. No era necesario. Después de dos segundos de silencio, Marnie sintió una extraña calidez en los labios. ¿Se estaría sonrojando? ¿Por qué no contestaba Zach? ¿Por qué volvía a mirarla de aquel modo? Una vez más, se dijo que haría todo lo posible por mantener la compostura.

–¿Qué ocurre? ¿Estás preocupado porque te deje algún germen en el vaso?

–No. Estoy pensando más bien en la huella del lápiz de labios en la copa.

–No te preocupes. He tratado de mantenerme al día con la tecnología. Este lápiz de labios no se borra.

Antes de que Marnie se diera cuenta de lo que él iba a hacer, Zach se había inclinado sobre la mesa y había empezado a acariciarle el labio inferior con el pulgar. El hormigueo que sintió fue tan fuerte…

Se miraron durante un instante, en el que ella se recordó que Zach solo era su profesor. Le estaba enseñando cómo ser la novia de otro hombre. Ni él estaba por ella ni ella por él. Zach tenía sus casas victorianas y ella tenía… ella tenía que vengarse de Barry.

Las bebidas llegaron por fin, lo que les proporcionó una muy necesitada distracción. Con alivio, Marnie se concentró inmediatamente en la suya. Mientras que la de Zach era transparente, la de ella tenía un delicado color verde. Muy lentamente, él empujó la copa hasta hacerla llegar al lado de Marnie.

Tras tomar delicadamente la copa, ella dio un sorbo y sintió una helada quemazón que se le deslizaba por la lengua. El sabor llegó un instante después.

–¡Qué asco! –exclamó–. Parece que me estoy bebiendo una planta –añadió, sintiéndose algo traicionada–. Se me ha quedado insensible la lengua.

—Eso ayuda a tomarlo.

Zach le quitó la copa de entre los dedos y, tras mirarla atentamente, giró el tallo y bebió exactamente por el mismo sitio que Marnie había bebido. Tras dejar de nuevo la copa en la mesa, se reclinó en la butaca con un aire sofisticado y sexy.

—¿Es así como se hace? —preguntó ella.

—¿El qué?

—El ritual de saborear una bebida para convertirlo en algo muy sexy entre un hombre y una mujer.

—¿Es eso lo que ha sido?

—¿No era eso lo que se suponía que tenía que ser?

—Creo que estás analizando todo en exceso.

—Oh...

Marnie sintió que se sonrojaba. Evidentemente, ella no podía ser sofisticada ni sexy. Tal vez debería inclinarse por lo apasionado y burbujeante.

Un momento. ¿Cuándo había empezado a sentirse avergonzada porque un hombre la mirara de aquella manera? En realidad, ¿cuándo había sido la última vez que un hombre atractivo la había mirado de aquella manera?

Mmm. Había pasado bastante tiempo, pero esa era precisamente la razón de que estuvieran allí. Zach le estaba enseñando a flirtear con un hombre, por lo que flirtearía todo lo que tuviera que flirtear, hasta que uno de ellos pidiera tiempo muerto.

Y no pensaba ser ella.

Capítulo Seis

Marnie dio un sorbo a su bebida.

–Ohh… Mucho mejor. Tiene un sabor ácido muy agradable… Me hace fruncir los labios –dijo, mientras realizaba el gesto de lanzar besos.

Zach parpadeó. ¿Se estaría excediendo?

–Es solo una sugerencia, pero tal vez sería mejor que reservaras esa clase de gestos para una cita posterior –comentó él.

–¿Muy posterior?

–Cuando tengas la intención de respaldar los gestos con acciones.

Tarde o temprano, todo conducía al sexo, ¿no? Marnie observó la expresión de sorpresa de Zach.

–¿Te supone eso… algún problema? –le preguntó él con cautela.

Marnie se preguntó si él se ofrecería a curar su problema si ella respondía que sí. Cruzó las piernas y levantó un hombro de modo muy casual.

–Creo que no –replicó, antes de dar otro sorbo a su bebida–. Es decir, resulta agradable, pero hasta ahora me ha parecido que se le da demasiada importancia. Tiene que haber algo más…

Zach dio un sorbo a su martini, y luego otro más. ¿Lo habría sorprendido? Sí, estaba sorprendido. Tal vez debería tratar de sorprenderlo un poco más a ver qué ocurría. Aquella noche debía practicar, ¿no?

–Solo he tenido relaciones sexuales con amigos –prosiguió ella–. Tal vez ese sea el problema. Solo necesito un poco más de experiencia.

Como reflejo de su torbellino interior, Zach dio otro sorbo al martini. A continuación, contempló la copa vacía.

–Creo que está bien ser amigo de tus amantes, pero no amante de tus amigos –añadió ella, con una sonrisa–. ¿Qué te parece?

–Creo que hoy en día sirven los martinis en copas muy pequeñas –dijo, haciéndole una indicación a la camarera para que le sirviera otro. Entonces, miró fijamente a Marnie.

–Zach...

–¿Qué?

–¿Te sientes incómodo hablando de sexo?

–Cuando empiezas a hablar de sexo de un modo casual, incluso antes de que hayamos pedido la cena, estás enviando un mensaje muy claro. Confía en mí. Es un mensaje que ahogará todo lo que puedas decir después.

–Relájate. Yo no te estoy enviando ningún mensaje a ti.

–Sí, lo sé –replicó. Marnie notó, con delirio, que él parecía algo molesto.

–¿No te parece que se me está dando bastante bien esto del flirteo?

–Síííí... ¿Haces esto en todas tus citas? –preguntó él, tras apretar los dientes.

–Nunca. Te lo juro.

–Enhorabuena. Entonces, tus dotes son completamente naturales.

–¿De verdad? Gracias. Sin embargo, me parece que necesito practicar un poco más.

–Y yo creo que deberíamos hablar de otra cosa.

Marnie quería seguir flirteando, dado que parecía ser tan eficaz. Si era capaz de afectar así a Zach, sería capaz de hacerlo con cualquier otro hombre.

Cuando su martini llegó, la expresión de gratitud que se reflejó en el rostro de Zach fue indescriptible.

–Oh, Zach –dijo ella, frunciendo los labios. Zach los miró y tomó un largo trago de su bebida–. Bandera amarilla.

–¿Cómo dices?

–Con dos bebidas, cautela.

–Sí, no lo olvides.

–No lo haré –replicó ella, con una sonrisa.

La camarera les llevó en aquel momento los menús. Tras echar un vistazo a los entrantes, Marnie dijo:

–Sé que no debo pedir langosta.

–No tienen langosta, Marnie.

–Era una broma –susurró ella, mirándolo con los ojos entornados–. Bueno, aquí, ¿cuáles son las reglas?

–No hay ninguna. No, espera. Sí, hay una. No dejarse el postre para luego terminar tomándote la mitad del mío. Si quieres postre, lo pides.

–¿No te gusta compartir? –preguntó ella. Zach había vuelto a enojarse.

–Solo un bocado, pero nunca termina ahí.

–Entonces, eres goloso.

–Tal vez –replicó él, mirando los labios de Marnie. Ella acarició suavemente el pie de la copa.

–¿Qué clase de postres?

–El pastel de manzana.

–En ese caso, te gustará mi copa. ¿Quieres probarla?

Los dos miraron la copa de Marnie y lo que los

dedos de ella estaban haciendo con el pie de cristal. Zach extendió la mano y le detuvo los dedos. Ella notó que la calidez que emanaba de ellos se le iba extendiendo por el brazo. Aquel gesto del martini había sido solo una broma, algo que había visto en televisión. Desgraciadamente, Zach no era el único al que estaba afectando. Cada vez le resultaba más difícil recordarse a sí misma que él solo estaba haciendo aquello como un favor. Efectivamente, ella pensaba corresponderlo con un sitio web, pero había mirado el que él ya tenía y no era necesario. No sabía por qué sus intentos a la hora de flirtear con él lo estaban afectando de aquel modo.

Sacó la mano de debajo de la de él.

—Deberías haber dicho que querías probarlo.

—No es un dulce.

—De eso puedes estar seguro —replicó ella—. Bueno, yo voy a tomar el pollo a la plancha con arroz y alcachofas. Me gustan las alcachofas. ¿Qué clase de comida te gusta, aparte de los dulces?

—No lo sé. Comida normal y corriente —replicó él. No hacía más que mirar fijamente el menú.

—Sí, pero ¿qué clase de comida normal y corriente?

—La comida comida.

La camarera regresó. Marnie le dijo lo que iba a tomar mientras que Zach seguía mirando fijamente el menú.

—Un filete, poco hecho, con patata asada y todo lo demás. Y una ensalada césar —dijo.

—Comida norteamericana. Comida masculina y que bloquea las arterias.

—Creo que el martini me ayudará a desbloquearlas —musitó Zach. Tras entregar el menú a la camarera, respiró profundamente–. Muy bien. Siguiente lección. Tú lo conoces a él y él te conoce a ti. Tú te muestras ingeniosa, divertida, interesada y él...

–¿Gruñón?

–Dame un respiro, Marnie. No había analizado una cita nunca antes. Creo que ahora debes olvidarte del flirteo y centrarte en la conversación. Como mujer, tú tienes que llevar la iniciativa. Sé que no es justo, pero es así.

–Muy bien.

–¿De qué hablas tú normalmente en una conversación?

–Del trabajo. De errores de código. De problemas de código. De programas.

–Muy bien. Como regla general, a menos que estés saliendo con un compañero de trabajo, debes evitar esa clase de conversación.

–¿Y si hablo sobre moda?

–No.

–Menos mal, porque no sé nada al respecto. Bueno, ya hemos hablado del sexo, así que nos queda la política.

–Todavía no. Reserva los temas más controvertidos para citas posteriores.

–Pues me he quedado sin ideas.

–Prueba el tema del viaje.

–¡Sí! Muy bien. El problema es que yo no he viajado mucho.

–¿Por qué no?

–Creía que era yo la que tenía que hacer las preguntas.

–No todas. También tienes que responder algunas.

–¿Vas a añadir más reglas a medida que vaya-

85

mos progresando? —comentó ella, mientras les servían la cena.

—Probablemente. Ahora, háblame de por qué no has viajado.

—No he tenido tiempo de hacerlo. Tendría que tener a alguien con quien viajar. ¿Y tú?

—Muy bien. Tienes que intercalar la información con las preguntas. Veamos. Yo he viajado a Europa, a Grecia e Italia. En realidad, he ido tres veces a Italia. Y mis padres llevaron a toda la familia a un crucero por México.

—Vaya. ¿Qué te gustó más?

—Italia. Me encantó Italia.

—¿Por qué?

Mientras Zach se lo explicaba, Marnie llegó a la conclusión de que tenía que salir más, leer más cosas que no estuvieran relacionadas con su trabajo. Comprendió que pasarse todo el día delante del ordenador, con personas que solo hablaban de ordenadores, era parte de su problema. Se había olvidado de cómo relacionarse con el resto del mundo.

Para los que no eran de su mundo, resultaba aburrida. Solo tenía que mirar a Zach para comprenderlo. Él era la quintaesencia del aburrimiento en aquellos momentos. Conseguir que hablara con ella le resultó difícil hasta que sacó el tema de las casas que él estaba restaurando. Cuando empezó a hablarle de la historia y de los detalles técnicos, ella se despistó. Empezó a admirar el rostro, los labios de Zach, su potente mandíbula. Marnie no podía culpar a las mujeres que no habían dejado de mirarlo desde que entraron.

De repente, empezó a ver un inconveniente a aquellas clases. No deseaba atraer a ningún hombre que fuera menos que Zach. Él y sus reglas algo anticuadas habían acabado por conquistarla. Le gustaba tanto...

Notó que Zach había dejado de hablar y que la estaba mirando muy atentamente. Debería haberle prestado más atención.

–Lo siento, me he distraído un poco –dijo.

–Se supone que nunca tienes que admitir algo como eso –comentó él riendo.

–No sabría decir de qué estabas hablando –admitió Marnie.

–Vaya. ¿Es ese tu modo de decir que soy muy aburrido?

–Es mi modo de decir que no estaba prestando atención porque no hacía más que observar cómo te miran todas las mujeres.

Zach parpadeó y pareció sonrojarse.

–Venga ya –añadió ella–. Sabes que estás como un queso. Ya deberías estar acostumbrado.

–¿De verdad crees que estoy como un queso?

–¿No se puede utilizar esta expresión? Muy bien. Entonces, te diré que eres muy guapo. He de añadir que tienes una mandíbula muy masculina. En una película, tú serías el policía, el político, el malo elegante... Serías el héroe y el protagonista.

–¿Y es eso bueno?

–¡Por supuesto! A mí me lo parece. Una mujer siempre busca el espécimen masculino más fuerte para aparearse. Una mandíbula fuerte implica mucha testosterona y, por lo tanto, garantiza una descendencia más resistente que tendrá más oportunidades de sobrevivir.

–Creo que hubiera bastado con que hubieras dicho que sí, Marnie –replicó él, tras dar un sorbo de agua.

–Pensaba que te interesaría saber que las preferencias personales no tienen nada que ver con el hecho de que les resultes atractivo a las mujeres.

–Es decir, me estás diciendo que, genéticamente, soy lo más.

–Bingo.

Zach se reclinó en el asiento y la observó atentamente.

–¿Acaso he dicho algo malo? –preguntó Marnie. Él negó con la cabeza–. Entonces, ¿por qué me miras de ese modo?

–No has salido con muchos hombres de mandíbula cuadrada, ¿verdad?

–No. Normalmente voy a por los sesudos, supongo que porque están más disponibles. Todos los de las mandíbulas cuadradas ya tienen pareja.

–Marnie, te aseguro que tú puedes tener lo que desees.

–Barry me dijo que yo no podría tener a ningún hombre y ahora vas tú y me dices eso.

–Ya hemos establecido que ese Barry es un idiota.

–Desgraciadamente –repuso ella–, la evidencia actual apoya la teoría de Barry.

–Si necesitas pruebas, será muy fácil dártelas.

La camarera llegó con la cuenta. Los dos trataron de hacerse cargo al mismo tiempo.

–No –dijo Zach.

–Yo te he pedido ayuda. Debería invitarte.

–El hombre es siempre el que paga.

–Zach…

–No –insistió él.

Marnie soltó la pequeña carpeta de piel, pero se dispuso a agarrar el bolso.

–Al menos, permíteme…

–No –repitió Zach. Después, metió la tarjeta de crédito en la carpeta.

–¿Y si yo gano más dinero que el hombre?

–En ese caso menos todavía. Él tiene que salvar su orgullo.

–¿Sabes una cosa, Zach? Tienes muchas reglas propias del hombre de las cavernas. ¿Son esas reglas solo para ti o también para el resto de los hombres?

Marnie esperó que él respondiera con una sonrisa en los labios. Eran unos labios tan atractivos, tan merecedores de ser besados... Zach decidió que iba a fijarse en ellos sin que le importara.

Ya no. Se había pasado la cena entera tratando de no ser consciente del atractivo de Marnie, tratando de recuperar el control que había perdido en el mismo instante en el que la vio aquella tarde. No, para ser sincero, lo había perdido cuando la vio temblando en el balcón.

Tenía objetivos que se había jurado cumplir. El desastre con Caitlin le había confirmado que era mejor que los consiguiera antes de volver a implicarse con una mujer, especialmente con una que seguía colgada de otro hombre.

No podía entender al tal Barry. Probablemente se sentía amenazado por Marnie porque ella era demasiado mujer para él. Era inteligente y, cuando quería, podía resultar muy bonita. Si se esforzaba, podía ser una belleza, pero ese no era su estilo.

Le gustaba cómo era. Se sentía tan tentado por ella... Sin embargo, Marnie era una distracción que no se podía permitir en aquellos momentos.

No sería justo para ella. Aquel podía ser el caso de una persona adecuada en el momento equivocado. Había llegado el momento de volver a soltar al pececillo en el estanque.

–Mis reglas se aplican a cualquier hombre con el que merezca la pena salir –respondió.

–Me has dado muchas reglas, pero, en realidad, aún no me has explicado cómo ser una novia. No estoy segura de qué es lo que debería hacer.

–Lo que estás haciendo ahora está bien.

–Estoy haciendo lo que siempre hago y, hasta ahora, no me ha servido de nada.

–En ese caso, no has salido con los hombres adecuados, Marnie. Tú podrías tener a cualquier hombre de esta sala si así lo desearas.

–Oh, Zach, eres un cielo. Estás tratando de darle un impulso a la imagen que tengo de mí misma. Gracias. En realidad, sé que solo tengo que afinar un poco.

–Entonces, ¿crees que podrías tener a cualquier hombre de esta sala?

–La imagen que tengo de mí misma es realista, no estúpida.

–En ese caso, creo que estás ciega.

Zach sacó la tarjeta del pequeño portafolios y firmó el recibo.

–Mira, voy a fingir que tengo que hacer una llamada de teléfono. Estaré fuera de aquí cinco minutos. Quiero que vayas a la barra y que pidas una copa.

–Pero tú me dijiste que no podía tomarme más de una copa.

–He dicho que la pidas, no que te la bebas.

–¿Estás tratando de ver si alguien viene a ligar conmigo?

—De eso estoy seguro.

—Pero… pero ¿qué hago?

—Confía en mí. No tendrás que hacer nada.

Zach la dejó a la entrada del bar y, con la ayuda de los espejos, pudo seguir los progresos que ella hacía. Vio que se dirigía hacia la barra del bar con gran seguridad. Entonces, él se dirigió hacia el pasillo donde estaban los aseos. Una vez allí, se cruzó de brazos y se apoyó contra la pared para poder observarla. Sentía por ella una atracción más profunda de la que había sentido antes. Deseaba tanto tocarla, perderse en su suavidad, sentir cómo el cabello de ella se le deslizaba por la piel… Ansiaba besarla. Sin embargo, no iba a hacerlo porque no sería justo para ninguno de los dos. Marnie había dejado muy claro que quería una relación estable. Él no. La ruptura con Caitlin le había dolido. Todo el mundo se había centrado en ella y en lo injusto que todo había resultado. Nadie había pensado en que él había sufrido también o, si lo habían pensado, simplemente habían deducido que se merecía el sufrimiento. Por lo tanto, había aprendido la lección. Primero los negocios y luego una relación.

Observó que Marnie llegaba a la barra y que un par de hombres murmuraban en voz baja mientras la miraban. Entonces, la gente la rodeó y le costó verla, aunque no lo necesitaba para imaginarse lo que estaba ocurriendo. Los hombres se estarían ofreciendo a invitarla a una copa. Un par de cabezas se volvieron para examinar la multitud. Evidentemente, llevaban algún tiempo observándola.

Sin poder contenerse, Zach apretó los puños. El mundo había descubierto su tesoro escondido y no le gustaba. ¿Qué diablos se había imaginado que ocurriría cuando la animó a ir sola al bar? Exactamente eso, pero nunca había pensado que le importaría tanto.

Gracias a un espejo que había encima de la barra del bar, vio cómo la rodeaban los lobos. La cabeza de Marnie se movía de un lado a otro, tratando de mantener conversación con todo el mundo. Estaba tan hermosa, tan fresca... Tenía en la mano un martini. Se mojó los labios con el líquido, pero no llegó a beber. Entonces, lanzó la cabeza hacia atrás y se echó a reír. Uno de los hombres le tocó el hombro.

Aquello hizo que Zach se incorporara. No habían hablado del contacto físico. Deberían haberlo hecho. Sin embargo, Marnie no era una niña, sino una mujer. Tal vez no tenía mucha experiencia, pero sabía defenderse. Rápidamente, se zafó del hombre.

Pasaron cinco minutos y luego cinco más. Marnie se lo estaba pasando estupendamente. La rodeaban tres hombres y dos mujeres, a poca distancia de allí, le enviaban miradas de odio. Zach decidió dejar que pasaran cinco minutos más. Cinco tortuosos minutos en los que evaluó su vida y comprendió lo que era importante para él. Debería marcharse. Simplemente marcharse. Sin embargo, no podía dejarla allí sola. La había llevado a aquel restaurante y volvería a llevarla a su casa. No a la de él, que era un pequeño estudio en una zona poco recomendable de San Francisco. Se recordó que él mismo lo había elegido para poder sacar adelante su empresa, o, mejor dicho, la empresa de restauración que era parte de Construcciones Renfro.

De repente, notó que uno de los hombres se estaba comportando con demasiada familiaridad con Marnie y que trataba de aislarla de los demás. Le había puesto el brazo sobre los hombros y se inclinaba sobre ella para susurrarle al oído.

Aquello fue suficiente para Zach. Si Marnie quería marcharse con algún imbécil, tendría que hacerlo en otra ocasión. Zach no tenía intención alguna de observar. No podría hacerlo. Se dirigió a toda velocidad hacia el bar y se acerco a Marnie.

–¡Eh, cielo! ¿Estás lista para marcharte? –le preguntó.

Marnie se estaba riendo de algo que le había dicho alguien. Cuando se volvió, tenía la alegría reflejada en el rostro.

–¡Zach!

Él le rodeó los hombros con un brazo. Solo tenía intención de hacer eso, pero cuando la tocó, sintió que perdía por completo el control. Se olvidó de su trabajo y de sus buenas intenciones.

Se inclinó sobre ella y la besó. Durante un instante, los labios de Marnie se mostraron suaves y cálidos. Sin embargo, segundos después se endurecieron por la sorpresa. Lo que no hicieron fue devolverle el beso. Zach rompió el beso y la miró, inseguro de aquella reacción.

Marnie parpadeó y, a continuación, se volvió para mirar a los hombres que la rodeaban.

–Os presento a Zach –dijo, con voz alegre–. Zach, éstos son… bueno, todo el mundo.

Los hombres lo miraron con cierto resentimiento mientras que las mujeres lo observaron con más entusiasmo.

–¡Me lo estoy pasando estupendamente, Zach! –exclamó Marnie, llena de alegría.

–¿Estás lista para marcharte?

–¿Tú qué crees, Zach? –replicó ella.

–Yo creo que sí.

Marnie se bajó del taburete en el que estaba sentada y se volvió para despedirse de sus acompañantes.

–¡Adiós, chicos! –exclamó, despidiéndose de ellos con un suave movimiento de dedos.

A continuación, se dejó envolver dócilmente por el brazo de Zach y se dirigió hacia la puerta.

Él deseaba desesperadamente volver a besarla. Durante más tiempo. En privado. Tan pronto como fuera posible. Sin embargo, en el momento en el que salieron por la puerta, ella se zafó de su abrazo.

–Zach, ¿a qué demonios ha venido eso?

–Era hora de marcharse.

–Estaba hablando del modo en el que nos hemos marchado.

No. No le había gustado el beso. Zach estaba a punto de decirle que sabía besar mejor, pero ella siguió hablando.

–Dijiste que estarías lejos de mí solo cinco minutos. Te aseguro que han sido los cinco minutos más largos de toda mi vida. ¿Cuántos han sido en realidad? ¿Quince? ¿Veinte?

–Diecisiete y medio.

–Entonces, me mandas al bar, observas cómo hago exactamente lo que tú querías que hiciera y luego te pones territorial. Dios santo, ¡Solo estaba recogiendo tarjetas de negocios! –exclamó. Entonces, las lanzó al aire.

Justo en aquel momento, llegó el aparcacoches con el vehículo de Zach. Marnie entró en el coche y cerró la puerta antes de que ni Zach ni el mozo pudieran hacerlo.

Zach cerró la suya con idéntica fuerza. Los dos permanecieron mirando al frente.

–Te aseguro que no lo siento –dijo él, por fin.

–¿Qué es lo que no sientes?

–Haberte apartado de esos chacales. Ni tampoco me arrepiento de haberte besado, para que conste.

–¿Y por qué ibas a estarlo? Tienes que marcar tu territorio y marcharte con el premio. ¿Has sentido una buena descarga de testosterona por eso, Zach?

–No. La descarga de testosterona que sentí vino del beso.

–¿Solo por algo de tan poca importancia? –replicó ella mientras Zach arrancaba el coche–. ¡Pobre Zach! Veo que ha pasado mucho tiempo, ¿verdad?

–Parecías estar indefensa, así que utilicé el modo más eficaz de sacarte de allí.

–¿Indefensa, eh? ¿De qué clase de indefensión estamos hablando?

–Bueno, estabas muy arrebolada... y te reías mucho. Demasiado. Ésa es señal de nerviosismo.

–Yo creía que era señal de flirteo.

–No me gustó que estuvieras flirteando, Marnie.

–Entonces, ¿por qué me pusiste en una situación de flirteo?

–Para que vieras que los hombres te encuentran atractiva.

Marnie sonrió de un modo que no le gustó en absoluto a Zach.

–Sí. Estuvo muy bien. Fue mágico. Nunca antes me había ocurrido. Me resultó tan fácil... Zach, esos hombres no eran amigos tuyos, ¿verdad?

–No.

–Tampoco les pagaste, ¿no?

–¿Y por qué iba yo a hacer eso?

–Porque es exactamente algo que serías capaz de hacer para que yo me sintiera bien.

–No. Ni siquiera me lo pensaría. Acabarías por descubrirlo y tendríamos una fuerte discusión.

–Ya la estamos teniendo y no has pagado a nadie.

–Esto no es una discusión, sino una diferencia de filosofía. De la filosofía de no consentir que se aprovechen de ti.

–¿Y qué creías que iba a hacer? ¿Marcharme con uno de ellos? –le preguntó Marnie. Zach la miró de reojo y apartó rápidamente la mirada–. ¡Eso fue lo que creíste!

–¿Cómo iba yo a saber lo que tenías intención de hacer?

–Te aseguro que no me habría marchado con ninguno de esos hombres. Al menos, no esta noche –dijo. El pie de Zach apretó un poco más el acelerador–. ¿Sabes una cosa? No lo comprendo. No tengo un aspecto tan diferente, ¿no te parece?

–Sí y no –contestó él, tras una pausa–. En realidad, tiene más que ver con la actitud.

–Eso es lo que me dijo Barry. Sin embargo, la única actitud que mostré fue comportarme como si hubiera hecho aquello mismo cientos de veces antes.

–Parte de tu atractivo es que no parece que lo hayas hecho cientos de veces antes.

–Mmm… Bueno, yo sigo pensando que tiene que haber algo más.

Cuando lo descubriera, Zach esperaba que se lo dijera.

***

Marnie había estado bien hasta que él la besó. ¿Cómo se suponía que iba a evitar volverse loca por él si la besaba? No era justo que Zach fuera besando a la gente así como así sin tener ningún problema. Para ella, había sido algo inesperado y maravilloso. Afortunadamente, había evitado avergonzarlos a ambos cuando no le devolvió el beso, a pesar de lo mucho que lo había deseado.

Sabía que Zach no la torturaba a propósito, pero, a pesar de todo, la enojaba mucho. Él debería saber el efecto que tenía sobre las mujeres.

Le gustaba Zach, pero sabía que era demasiado hombre para ella. Un hombre como Zach requería una mujer muy femenina. Marnie nunca sería capaz de atraer su interés permanentemente. Al final, solo conseguirían ser, como mucho, amigos.

Zach aparcó para poder acompañarla a la puerta.

—Habría bastado con que me dejaras frente a la puerta.

—Ni hablar. Un hombre acompaña a la mujer con la que ha salido hasta la puerta y se encarga de que llegue a su casa sana y salva. Debería esperar hasta que ella esté en el interior.

—Si tú lo dices.

—¿No me irás a decir que los tipos con los que has salido se han limitado a dejarte frente a tu casa?

—Yo vivo en Pleasant Hill, ¿te acuerdas? Para ir a casa tomo el tren.

—Dime entonces que por lo menos te acompañan en el tren.

–A los hombres con los que he salido no les va demasiado un comportamiento tan formal.

Habían alcanzado el pie de las escaleras. Marnie vio la silueta de Franco detrás de las cortinas.

–Mira, Marnie –dijo Zach, agarrándola del brazo para impedirle que subiera las escaleras–, si tú no te valoras a ti misma, los hombres con los que salgas tampoco te valorarán. Prométeme que, al menos, insistirás en que te acompañen a la estación de tren y que, si son más de las diez, te acompañarán en el tren o te llevarán en coche a casa. No me importa lo lejos que esté.

–Muy bien –susurró ella.

Se miraron durante unos instantes. Entonces, Zach se aclaró la garganta y se miró los zapatos.

–Tampoco quiero que caigas en eso de «como es tan tarde, ¿por qué no te quedas a pasar la noche?».

–No lo haré. A menos que yo desee hacerlo.

Algo se reflejó en los ojos de Zach, pero desapareció rápidamente.

–Buenas noches, Zach. Gracias –musitó ella.

Justo cuando Marnie estaba a punto de ponerse de puntillas, Zach dio un paso atrás. Para ocultar su desilusión, ella sonrió y extendió la mano. Notó el alivio de Zach mientras se la estrechaba. Bien hecho por su parte. Lo último que deseaba era un beso por pena.

Marnie subió corriendo las escaleras, sabiendo que Zach seguía observándola. Cuando abrió la puerta, se volvió para despedirse de él con la mano. Seguía mirándola, con las manos metidas en los bolsillos.

Capítulo Siete

Ayer, la falda tuvo una actuación de lo más satisfactoria. Es posible que también tenga algún efecto en la mujer que la lleva. M. se mostró muy dócil con las sugerencias que yo le hice sobre su aspecto. La transformación fue sorprendente. Aunque por el momento me inclino a que «La leyenda de la falda» sea una obra de teatro, ahora me siento tentado por hacer una película por la diversidad de expresiones faciales que he visto. Creo que tendré que comprarme una cámara digital, porque no quiero perderme otro desfile de gestos como el que el señor R. hizo cuando vio a M. por primera vez.

Sin embargo, algo ocurrió entre ellos anoche. M., que hasta el momento se mostraba muy comunicativa, ha pasado a mostrarse algo reticente. No se dieron un beso de buenas noches. Se limitaron a estrecharse la mano, algo que me dejó atónito. Ni siquiera un inocente beso en la mejilla... Evidentemente, ha ocurrido algo que desconozco. Por el momento.

Marnie tenía que olvidarse de Zach. Inmediatamente. Si no lo hacía, iba a terminar sufriendo. Sin darse cuenta, Franco la ayudó cuando la obligó a comprarse un nuevo abrigo.

–Una gabardina que te sirva para toda clase de tiempo –le sugirió–. No me puedo creer que no tengas una. ¿Cómo has podido sobrevivir?

–Con un paraguas plegable.

99

Se había comprado uno de color negro, aunque Franco le había dicho que podía ser también caqui, siguiendo su estúpido esquema de colores. No, en realidad, no eran estúpidos. Eran muy útiles, si a una mujer le gustaba ir de compras, algo que no le ocurría a ella.

Marnie estaba en una tienda cerca del edificio Carnahan. Había estado en varias tiendas y se había comprado el abrigo negro, aun sin la aprobación de Franco. También había adquirido unos pantalones y, en aquellos momentos, estaba buscando una falda como la que él le había prestado.

No había habido suerte. Se había probado varias, pero la tela no era tan suave. Decidió olvidarse de las faldas y se compró un par de zapatos para andar, mucho más prácticos que los mules que se había comprado hacía unos días.

Utilizando el patrón de colores, adquirió dos tops más. Sin embargo, a pesar de toda la atención recibida en el bar la noche anterior, se sentía algo deprimida. Aquella mañana, Zach no había estado trabajando en la casa cuando pasó por delante. Se había dejado el cabello suelto y se había puesto lápiz de labios, pero nadie del trabajo había comentado nada sobre su cambio de apariencia. Barry ni siquiera había levantado la mirada. En aquellos momentos, era la hora del almuerzo y no tenía tiempo para comer porque tenía que comprarse ropa.

Se recordó que el beso de Zach no había significado nada. Solo lo había hecho porque el resto de los hombres estaba delante. A pesar de todo, le había gustado mucho aquel beso. ¿Le habría gustado también a Zach? No le había dado un beso de buenas noches, aunque ella por lo menos había esperado un beso en la mejilla. Tal vez Zach se había imaginado que le devoraría los labios si se acercaba. Tal vez por eso se habían limitado a darse la mano, como si se tratara de un trato de negocios. Después de todo, de eso se trataba precisamente.

Decidió que, al día siguiente, empezaría a cumplir su parte del trato. Seguramente a Zach lo tranquilizaría ver que ella recordaba lo que le correspondía. ¿Quería que hubiera más entre ellos? Claro, pero no creía que fuera a ocurrir. Zach había sido muy claro sobre la importancia que aquellas casas tenían para él, y había sugerido que estaba dispuesto a sacrificar cualquier cosa, incluso una relación. Como Marnie era una mujer inteligente, sabía que debía seguir adelante con su vida.

No. No perdería más el tiempo con los hombres. Aprendería lo que pudiera de Zach y se alegraría de haber tenido aquella oportunidad.

Zach no había esperado ver a Marnie antes del lunes siguiente. No quería esperar más. No la había visto el día anterior y aquello había sido más que suficiente. Había creído que pasar un tiempo separados lo ayudaría, pero no había sido así. Aquella tarde, había estado tratando de encontrar una excusa para verla el domingo, pero acababa de retirar la vieja chimenea y había encontrado debajo un fino mármol blanco, adornado con unos azulejos importados de Holanda. Zach esperaba que el descubrimiento hiciera cambiar de opinión a los propietarios. También había retirado el papel pintado para dejar al descubierto el papel victoriano original. Estaba retirando con mucho cuidado uno de los trozos cuando una voz femenina le dijo:

–Hola.

Era Marnie. Se estremeció y arrancó de un tirón el papel.

–No quería asustarte –añadió ella.

Cuando entró en la sala, casi no la reconoció. Tenía un aspecto muy elegante, con un abrigo negro y unos pantalones del mismo color. Llevaba una cámara digital.

–Se me ocurrió pasar por aquí de camino a casa para hacer unas fotografías de la casa para tu sitio web. ¿Es grave que hayas desgarrado el papel?

–Bueno, es el papel pintado original –respondió. Normalmente se habría sentido furioso, pero, en aquella ocasión, solo estaba vagamente desilusionado. Debía de ser por Marnie.

–Pues es muy feo, con esos colores marrones y mostaza. Resulta deprimente.

–También tiene algo de rojo.

–Sí, parece sangre seca.

Zach miró el papel pintado con más detenimiento. Efectivamente, era muy feo.

–¿Qué ibas a hacer con un trozo tan pequeño? –quiso saber ella.

–Trabajo con una empresa que puede reproducirlo.

–¿Y por qué iba alguien a querer reproducirlo?

–Porque es el original.

–Así se demuestra que hay mal gusto en todas las épocas. ¿Duplicas mucho papel feo?

–No todos los modelos son feos –protestó él.

–Si ofreces ese servicio, lo incluiré en tu sitio web. Ahora, tomemos algunas fotografías. Ponte como si estuvieras restaurando algo con tus herramientas.

–Marnie…

–Estás ocupado, ¿verdad?

–En realidad, casi es el momento de marcharme –comentó él, tras mirar el reloj.

–Entonces, ¿es este un buen momento?

–Claro.

–Muy bien. Toma la sierra. Tienes muy buen aspecto cuando utilizas la sierra.

Zach sonrió. Se metió el trozo de papel en el bolsillo y, tras tomar un trozo de madera, hizo como si lo estuviera serrando.

–¿Te parece bien así?

–Mmm –dijo ella desde detrás de la cámara–. Creo que es mejor que te quites la camisa.

–¿Cómo dices?

–Solo estaba bromeando –replicó Marnie. Como tenía la cámara delante del rostro, Zach no pudo comprobar si era o no verdad–. Venga, ahora en serio. Enciende la sierra. Necesitamos algo de acción. Astillas volando o algo así –añadió. Zach hizo lo que ella le pedía–. Oh, sí, flexiona esos bíceps…

–¡Marnie!

–Ahora no estaba bromeando –afirmó ella, tras apartarse la cámara del rostro. Tras un segundo, volvió a enfocar.

Zach nunca se había preocupado demasiado por su cuerpo. Sin embargo, a Marnie parecía gustarle y a él le gustaba que a ella le gustara. Había tomado aquel trozo de madera con la intención de hacer cortes al azar, pero impulsivamente, había cortado una M con un diseño muy ornado. Se olvidó completamente de Marnie y de su cámara y se concentró en terminarla a su gusto.

–Un regalo –le dijo al entregársela.

–Vaya –exclamó ella. Entonces, estudió la pieza con una atención que agradó a Zach.

–No estabas tomando fotos.

–He tomado muchas fotos. Te has pasado cinco minutos haciendo esto.

–No me había parecido tanto tiempo.

–Mira las fotos que he hecho. Tal vez así te convenzas.

Zach miró el panel en el que se veían las fotografías que ella había tomado. Todas eran primeros planos de él.

–Has hecho fotos de mi rostro. Pensé que querías mis bíceps.

–Así es. También saqué algunas de tus músculos, pero la expresión de tu rostro era… Se ve que adoras tu trabajo –dijo–. Bueno, me gustaría tomar unas fotografías de antes y después mientras estés restaurando esta casa, si no te importa. Además, ¿tienes un listado de las casas que has renovado? Quiero hacerles también unas fotos.

–¿Qué vas a hacer el domingo? Yo podría llevarte para que tomaras las fotografías –sugirió él, aferrándose a la oportunidad que había estado buscando–. Podemos pasar el día fuera. Hacer un picnic.

No sabía cómo se le había ocurrido la idea del picnic, pero cuando vio que a Marnie se le iluminaba el rostro, no le importó más. Tan solo se alegraba de poder volver a verla.

–Insisto en que pases la noche del domingo aquí –le dijo Franco.

–No es mi día… –respondió Marnie.

–No, es el mío y yo te lo ofrezco a ti. A cambio,

tú me lo contarás todo sobre cómo te van las cosas con Zach el domingo.

–Franco –replicó ella, algo exasperada–, necesitas conseguir una vida propia.

–Tengo una vida propia, pero ocurre que está demasiado entrelazada con la de otras personas. Soy actor y escritor. Para poder crear debo observar.

–Pero yo no soy muy interesante.

–Marnie, eres una mujer inmersa en un importante cambio vital. Eres interesantísima.

¿Tendría razón Franco? Si era así, ¿en qué se estaba transformando? ¿Qué haría si conseguía que Barry se tragara sus palabras? Suponía que tendría que encontrar alguien con quien salir. Naturalmente, pensó inmediatamente en Zach y acarició suavemente la M que llevaba en el bolsillo. Como él no la había lijado, tenía unos bordes tan afilados que se le clavaban en los dedos. Aquello era solo un pequeño recordatorio de lo que le dolería perder el corazón por él.

Por fin llegó el domingo. Como era un día relajado y casual, Marnie se vistió con sus viejos vaqueros, aunque se puso el jersey turquesa como símbolo de la nueva Marnie. Como recompensa, consiguió ver al genuino Zach, a la persona que era cuando no estaba trabajando o dándole consejo sobre seducción.

Le gustó mucho lo que descubrió. Le gustaba ver lo orgulloso que estaba de sus proyectos pasados y lo mucho que disfrutaba mostrándoselos.

Estaban delante de la sexta casa victoriana que había restaurado y le había explicado con detalle los desafíos que había tenido que superar para darle aquel aspecto. Como siempre, Marnie lo miraba a él y no a la casa, cuando, de repente, tuvo una revelación. Zach tenía el rostro radiante. Marnie supo en aquel momento que jamás miraría a una mujer de aquel modo. También comprendió lo mucho que deseaba que la mirara a ella así.

Se notaba que estaba enamorado de aquella casa. En realidad, estaba enamorado de todas ellas y de las que tendría que restaurar en el futuro. No le quedaba sitio para el compromiso ni para nadie más. Si se creía lo contrario, estaba perdiendo el tiempo.

Mientras le explicaba todos los detalles de la casa, parecía mucho más joven, más feliz, más entusiasta. No tenía nada que ver con el Zach con el que había estado en Seasonings. Sin poder evitarlo, se preguntó cómo besaría aquel nuevo Zach.

—Veo que estás enamorado de esta y de todas tus casas —dijo Marnie, cuando él terminó de explicarle.

—Bueno, yo no diría tanto. Tal vez un poco —admitió, con una sonrisa.

—Yo diría que mucho. ¿Estás seguro de que, algún día, no te gustaría comprarte una?

—Claro que sí. Algún día lo haré. Cuando encuentre la adecuada.

Regresaron a la furgoneta de Zach. Al llegar allí, él volvió a tomar la palabra.

—Hoy has estado muy callada. ¿Tienes hambre?

—Sí —respondió Marnie. Necesitaba un descanso de ver casas. Todas eran muy hermosas y la restauración que se había realizado en ellas era exquisita, pero... ¿era posible tener celos de un objeto inanimado?

–Vamos. He elegido un lugar para nuestro picnic y, por el camino, podrás ver el proyecto de mis sueños. Cada vez que termino una casa, me pongo en contacto con los dueños y les hago saber que estoy disponible. Es una casa enorme… Yo podría convertirla en una pequeño hotel de lujo.

Marnie pensó que podría soportar ver una casa más, pero, cuando Zach aparcó delante de una vieja y destartalada vivienda, la miró con escepticismo.

–¿No te parece estupenda? –preguntó él.

–Es… grande.

–Sí, lo sé. Tardaría años en terminarla, pero me gustaría tener la oportunidad de hacerlo.

Siguieron con su camino. Desgraciadamente, Zach la llevó a Alamo Square, la famosa vista de la ciudad con las seis casas victorianas más famosas y la silueta de San Francisco al fondo. Zach se dispuso a explicárselas, pero Marnie lo interrumpió.

–Zach…

–¿Sí?

–El almuerzo primero, la arquitectura más tarde.

–Lo siento. El entusiasmo me puede.

–Ya lo veo. Además, quería hablarte de tu sitio web. He estado trabajando en él. Tengo la página de inicio, pero creo que voy a cambiar las fotografías. Después de todo lo que me has contado hoy, voy a añadir una página con tu filosofía de trabajo y tal vez algo de historia sobre las casas que restauras. Así, tus clientes sabrán quién eres y cómo trabajas.

–Me parece muy bien.

Zach sacó el almuerzo de la furgoneta. Marnie se había imaginado un romántico picnic, con una

107

manta de cuadros y una cesta de mimbre llena de pan, queso, vino y fruta. Sin embargo, lo que Zach extendió sobre el suelo fue una tela vieja y dos cajas de almuerzo de una tienda de ultramarinos. En el interior, Marnie encontró un bocadillo de pavo, un poco de salsa, patatas fritas y unas galletas integrales. Zach le entregó una botella de agua.

Marnie tomó un sorbo del agua y suspiró. Si quería romanticismo, tendría que haberse ocupado personalmente.

–Sobre el resto de tu sitio web –dijo ella–. ¿Cobras por realizar tareas de consulta?

–No.

–Deberías hacerlo. Entiendo que quieras hacer una evaluación inicial gratuita, pero si realizas labores más extensas, deberías recibir una contraprestación.

–No quiero hacerlo.

–Si te contratan, podrías deducirlo de los costes totales.

–No, Marnie –dijo él, con voz firme.

–Las fotos que he tomado van a quedar muy bien. Me apuesto algo a que doblará el número de tus clientes –comentó, cambiando de tema. En el futuro, decidió no comentarle más cambios.

–No necesito tener más clientes. Ahora tengo trabajo de sobra.

–En ese caso, deberías cobrar más.

–¡He dicho que no! Para mí, es más importante salvar estos edificios –añadió, en un tono de voz más suave.

–Muy bien. Creo que ya estoy dispuesta a enfrentarme con Barry –dijo Marnie, de repente.

–¿Crees que estás lista después de una sola clase?

–No tuve ningún problema en el bar.

−¿Cómo piensas enfrentarte a él?

−Yo… −contestó. ¿Cómo pensaba hacerlo? Debería haber pensado en el plan antes de hablar del tema.

−¿Lo has visto últimamente en el trabajo?

−En realidad, no. Al menos, no de cerca.

−¿Y qué vas a hacer? ¿Detenerte delante de su despacho y decirle que te mire para que vea lo mucho que has cambiado? ¿Esperar a que él te diga que se equivocó y que eres una mujer muy atractiva?

−No está mal, pero la idea es que él me invite a ir al Tarantella. Eso lo diría todo.

−Y si te invitara, tú lo rechazarías, ¿verdad?

−No. Que me invite a salir no es suficiente.

−¿Qué quieres decir con eso de que no es suficiente?

−No. Barry no puede saber si ahora soy la clase de mujer que un hombre tendría por novia a menos que saliera con él.

−¿Podemos dejar de andarnos por las ramas con las definiciones de lo que tú quieres conseguir y llamarlo por su nombre? Tú solo quieres que te pida salir para poder rechazarlo. Ya te dije yo que eso sería exactamente lo que ocurriría.

−No. Tú me dijiste que no lo rechazaría.

−¿Y lo rechazarás? −quiso saber Zach. De repente, Marnie se sintió muy irritada con él.

−¿Y a ti qué te importa? −le espetó.

−Supongo que nada −respondió él, tras observarla durante un largo instante.

Capítulo Ocho

M. y el señor R. han estado fuera todo el día. M. no llevaba puesta la falda. Debo enterarme de lo ocurrido.

Franco se abalanzó sobre ella en cuanto entró al portal.

–Cuéntamelo todo –dijo, con su omnipresente bloc en la mano.

–No hay mucho que contar –replicó Marnie. Después de pasarse el día recorriendo San Francisco, no estaba de humor para charlas.

–Veo problemas en el paraíso...

–No hay paraíso –gruñó ella.

–Te gusta Zach Renfro –afirmó Franco. Marnie lo miró a los ojos y apartó inmediatamente la mirada–. ¡No! –añadió, muy alegre–. ¡Estás enamorada de él!

–Eso no es cierto. Zach ama su trabajo. Yo no puedo competir con eso ni voy a intentarlo.

–Tal vez no tengas que esforzarte mucho...

–Franco, estoy trabajando en su sitio web, por eso me llevó a fotografiar algunas de las casas que ha restaurado. Deberías haberlo oído hablar. No paraba... Después de comer, fuimos a la compañía de construcción a por un folleto y fotografías de otros proyectos de construcción. Su padre y su hermano dirigen Construcciones Renfro. Es una empresa enorme. Estaban allí, trabajando el do-

110

mingo por la tarde. Zach salió de allí todo lo rápido que pudo.

–¿Es que odia a su familia?

–No, la adora y me parecieron los dos muy agradables. No. Creo que simplemente odia trabajar en un despacho... He de reconocer que me gusta Zach. Si quieres que te diga la verdad, más de lo que debería –admitió.

–Claro que quiero que me digas la verdad.

–Me gustaría tener una familia, pero a Zach no.

–Claro que sí. Ese hombre rezuma sentimiento familiar por los cuatro costados –afirmó Franco.

–En ese caso, tendrá que cambiar para convencerme. Aunque sé que no es el hombre adecuado para mí, me resulta extraño pedirle que me ayude a atraer a otros hombres –confesó Marnie–. Por eso, yo solo quiero demostrarle a Barry que se había equivocado y alejarme de los dos.

–Mmm –susurró Franco, muy emocionado–. Me parece que esta es una buena línea argumental. ¿Cuál es la clase de mañana?

–Vamos a ir al bar donde Barry se suele reunir con sus amigos. Zach va a mostrarme unas estrategias nuevas.

–¿Puedo ir?

–¡Claro que no!

–En ese caso, te cambio un consejo por detalles sobre lo que ocurra mañana.

–Está bien.

–Mira, Marnie –dijo Franco, muy serio–. Todo lo que te diga Zach sobre flirtear o atraer a otros hombres, también funcionará con él.

–Yo no quiero que eso ocurra.

Franco no respondió. Se limitó a anotar algo en su libreta. Marnie odiaba que hiciera eso.

***

–Creo que ayudaría a tu imagen que no estuvieras mirando la puerta cada quince segundos –dijo Zach. Deseó que el tal Barry entrara en el bar para acabar con aquel asunto.

Descubrir que Marnie seguía sintiendo algo por Barry lo había dejado completamente atónito. Además, había afectado a su trabajo. Siempre había logrado olvidarse de todo cuando trabajaba. Hasta que conoció a Marnie. Sentía que ella mantenía las distancias con él y no lo entendía. Siempre sabía cuando una mujer lo encontraba atractivo. Sin embargo, lo único que encajaba en todo aquel asunto era que aún siguiera sintiendo algo por Barry.

–Marnie, sigues vigilando la puerta. No tengas un aspecto tan ansioso.

–Tengo que mostrar una apariencia fría y sofisticada. Entendido. En realidad, no solo estoy pendiente de que llegue Barry. Por aquí vienen muchos compañeros de trabajo. Espero que Barry acabe por enterarse.

–En ese caso, sería mejor que tuviéramos la apariencia de una pareja feliz.

–Oh… ¿Y cómo lo hacemos?

Menuda oportunidad.

–Toquémonos un poco.

–¿En público? Creo que no.

–No estoy hablando de caricias íntimas, sino de contacto físico de este tipo –dijo. Entonces, le rodeó los hombros con un brazo y la acercó a él. Le habría gustado más que llevara falda, pero iba con unos pantalones negros.

–Ah. Es decir, contacto físico que indique que soy de tu propiedad.

–Venga –insistió, inclinándose ligeramente sobre ella–. Relájate un poco… –le indicó. Entonces, le colocó el cabello detrás de la oreja. Le gustaba tanto su suavidad…

–¿Qué estás haciendo?

–Peinándote.

–¿El qué?

–Es parte de la fase de cortejo. Las parejas se acicalan las unas a las otras. Tú me quitas una mota de polvo imaginaria de la camisa, me enderezas la corbata… Esa clase de cosas.

–Tú no llevas corbata.

–Ni tú me estás acicalando.

–Es que no hay nada que acicalar.

–El objetivo es tocarse, crear intimidad…

–¿Cómo sabes todo esto? –preguntó ella–. Entonces, el secreto es tocarnos. Nuestros muslos se están tocando –señaló ella.

–Lo sé –afirmó Zach. Le trazó círculos imaginarios sobre el hombro, haciendo que ella se relajara ligeramente–. Tócame –añadió, preguntándose si ella había notado la tensión que había en su voz.

–Bueno, yo no… –dijo ella. Sin saber qué hacer, le alisó una arruga de la manga.

–Deberías sonreír cuando haces algo así –replicó él. Entonces, alargó la mano para tomar su jarra de cerveza.

Marnie lanzó una exclamación y le tomó la mano. Zach soltó con gusto la jarra.

–Te has herido…

–No es nada –dijo. Se había magullado un poco los nudillos cuando, en vez de estar atento a su trabajo, estaba pensando en ella.

Ella tomó una servilleta de papel, la humedeció con la condensación del exterior de la jarra de cerveza y se la apretó contra los dedos.

—¿Te sientes mejor?

Zach sonrió. Marnie aprendía deprisa.

—Muy bien.

—Esto no ha sido para la galería. Deberías vendarte esos arañazos. Ya tienes demasiadas cicatrices en las manos.

—Dales un beso para que se curen.

Se preparó para escuchar las protestas de ella. Sin embargo, Marnie dejó a un lado la servilleta y le besó dulcemente el primero de los nudillos. Zach sintió una oleada de calor que le iba directamente a la entrepierna. Aquel beso tan suave era justamente todo lo contrario a lo que había esperado, lo que lo sorprendió con las defensas bajadas. Así seguían cuando ella lo miró.

Estaba entre sus brazos. Era suave, dulce y cálida. Lo había tocado y seguía tocándolo… No solo le afectaba físicamente. Se le había metido muy dentro, hasta llegarle al corazón. Pensaba en ella constantemente, aunque trataba de no hacerlo. Era la clase de mujer por la que un hombre podría llegar a cambiar sus prioridades sin importarle lo más mínimo.

En aquel momento, Zach admitió que no podría dejarla marchar. ¿Cómo iba a soportar no volver a verla? ¿Cómo se iba a conformar con los pocos minutos que compartieran charlando por las mañanas y las tardes, cuando ella pasara por delante de la obra? Y cuando terminara el trabajo en aquella casa, ¿qué ocurriría?

¿Desearía ella también algo más?

Zach se olvidó de Barry, de que Marnie solo lo

consideraba un profesor. Se estaba enamorando de ella y quería que lo supiera. Bajó la cabeza y la estrechó entre sus brazos. Entonces, la besó con una dulzura de la que no se creía capaz. Una insoportable ternura se apoderó de él, sorprendiéndolo por completo. Todo con Marnie era diferente. Aquello lo había sabido desde el principio, desde el momento en el que la vio en el balcón…

Ella se estremeció. Sus labios se volvieron suaves y empezaron a responderle. Encantado, Zach profundizó el beso y le enmarcó el rostro con una mano. De repente, casi sin que se diera cuenta, Marnie le apoyó las manos contra el torso y se apartó de él.

–¿Qué estabas haciendo? –le preguntó. Tenía la respiración muy acelerada–. ¿Acicalándome los dientes?

–Te estaba besando.

–Bueno, pero modérate, ¿de acuerdo? –replicó ella, con un atractivo rubor en el rostro–. No estoy acostumbrada a que los hombres besen como tú.

–¿Y cómo beso?

–Es como si tus besos estén sin diluir o algo así.

–Entonces, te ha gustado besarme…

Marnie le dedicó una mirada de resentimiento.

Aquel era el momento oportuno para decirle que se olvidara del plan de enfrentarse con Barry y hablaran de lo que se estaba produciendo entre ellos. Evidentemente, ella no era tan inmune para él como…

–¿Marnie? –dijo una voz masculina.

–Hola, Doug –respondió ella, tras girar la cabeza–. ¿Cómo estás?

–¡Marnie! –exclamó él–. No te había reconocido.

–Ha pasado algún tiempo desde la última vez que nos vimos. Mira, Zach, te presento a Doug. Es un compañero de trabajo –dijo Marnie, inmediatamente–. Doug, este es Zach.

Zach extendió la mano que tenía libre y estrechó la de Doug.

–Me gusta conocer a los amigos de Marnie –comentó–. ¿Quieres sentarte con nosotros?

–Muy bien –respondió Doug.

Doug se sentó enfrente de Marnie, pidió una cerveza y la miró atentamente. Al cabo de unos instantes, tomó la palabra.

–Tú no trabajas en Carnahan, ¿verdad?

–No. Estoy en el negocio de la construcción –contestó Zach.

–Restaura casas victorianas –añadió Marnie, con un cierto orgullo en la voz.

Zach le dio un beso en la cabeza. Sorprendentemente, Marnie no le dio ningún codazo. Los dos vieron que los ojos de Doug estaban a punto de salírsele de las órbitas.

–Bueno, yo… yo… Creo que, si no os importa, voy a ver el partido…

–Claro que no. Nosotros estamos muy bien aquí –replicó Zach, antes de que Doug saliera corriendo hacia la barra.

–¿Que estamos muy bien? –le preguntó ella–. ¿Tú crees?

–Bueno, unos estamos más cómodos que otros. Tienes un verdadero problema con la intimidad física.

–En un bar, por supuesto que sí.

–En ese caso, tenemos que marcharnos del bar –dijo Zach, terminándose su cerveza. Se le acababa de ocurrir una idea.

–¿Por qué?

–Porque necesitas que te dé clases sobre cómo besar… a menos que las quieras aquí.

–¿Clases de…? No seas ridículo. No hay nada malo en mis besos.

–Si ese beso que me has dado ha sido un buen ejemplo, en ese caso tienes problemas.

–¿Cómo has dicho? Claro que no ha sido un buen ejemplo –replicó ella, indignada–. Yo no voy dando mis mejores besos por los bares.

–Razón de más para regresar a tu casa. Vamos. Mañana tengo que madrugar. Además, tu amigo Doug va a hacer correr las noticias sobre ti y me apuesto algo a que el propio Barry irá a verte mañana por la mañana. Supongo que querrás estar segura cuando eso ocurra, así que es ahora o nunca.

–Estás de broma, ¿verdad?

–Yo nunca bromearía sobre algo tan serio como un beso.

Marnie le dio la mano y se puso de pie.

–Nadie se ha quejado nunca de mis besos…

–Tal vez no sabían que podías besar mejor.

–¿Y tú sí?

Zach abrió la puerta del bar y le dedicó una sonrisa.

–Claro que sí.

¿Cómo podía echarse a temblar cuando la sangre le hervía de aquella manera? Porque sabía que aquello no era una buena idea. ¿Acaso no había decidido que Zach no era para ella? Se estaba exponiendo al sufrimiento. Cualquiera podría predecir lo que ocurriría si terminaban juntos. Al principio, todo sería estupendo. Pasarían unos días, tal vez semanas, muy apasionados, pero, al final, él empezaría a pasar cada vez más tiempo trabajando. Ella lo odiaría por ello, él la odiaría por odiar su trabajo y hacer que se sintiera culpable... Todo terminaría rápidamente.

Su cerebro trataba de protegerla, pero el cuerpo estaba algo agitado y quería saber cuándo empezarían las clases de besos.

–Zach me va a dar clases de besos –le dijo Marnie a Franco, mientras Zach y ella iban camino de su apartamento–. Aparentemente, no beso demasiado bien. Yo no tengo la experiencia que tiene Zach.

–Se trata de calidad, no de cantidad –murmuró Zach.

Sonaba casi aburrido. ¿Acaso no podía mostrar un poco de entusiasmo? ¡Qué humillante!

–Zach –dijo Franco, cuando se recuperó de las palpitaciones que le habían dado al escuchar aquellas afirmaciones.

–Alguien tiene que enseñarle –dijo él, mientras iban escaleras arriba.

–¿Marnie?

–Todo va bien, Franco –le aseguró ella antes de abrir la puerta.

Marnie encendió las luces y arrojó el bolso sobre una silla. Zach, por su parte, se acercó inmediatamente a la chimenea y la acarició suavemente.

–Me gustaría conocer a quien hizo este trabajo –comentó.

–Pregúntale a Franco. El apartamento le pertenece a él. Lo alquila y vive en el sótano.

–¿Cómo puede hacer eso? –exclamó él, atónito–. Si yo fuera el dueño de esta casa, no me marcharía nunca de ella.

¿Podría ser mayor la humillación de Marnie? Cuando tenía que besarla, Zach se contentaba con mirar el techo del apartamento.

–Zach, ¿vas a besarme o no?

–No tenemos que hacerlo si tú no quieres –respondió él, sin dejar de mirar al techo.

–¿Si no quiero? –le espetó ella–. ¡No soy yo la que está mirando al techo!

–Tampoco soy yo la que está en el centro de la sala, retorciéndose las manos, palideciendo y enrojeciendo a la vez y tan rápidamente que el hombre que está conmigo está a punto de llamar al servicio de urgencias.

–Me has avergonzado…

–¿Avergonzarte a ti? Hasta ahora no te has avergonzado de nada más. Tú eres la que me habló de su filosofía sexual antes de cenar.

–Eso era diferente.

–Sí. No estábamos solos. Ahora –dijo, haciéndole levantar la barbilla con un dedo–, voy a besarte y quiero que te relajes. Cuando estés lista, devuélveme el beso.

En aquel momento, el corazón de Marnie empezó a latir con tanta fuerza que ella creyó que iba a desmayarse. Se recordó que no iban a ser besos de verdad, sino de ensayo. Zach la miraba pacientemente, esperando. Marnie lo miró a los ojos. Vio en su mirada una mezcla de diversión y de deseo contenido. Un hombre al que jamás había creído poder atraer la deseaba.

Ya no pudo resistirse más. Suspiró y cerró los ojos. Zach se inclinó sobre ella y, muy suavemente, le rozó los labios con los suyos. Marnie experimentó una sensación parecida a una descarga eléctrica.

Aquel primer encuentro no fue un beso propiamente dicho. Fue tan solo un contacto preliminar, que la dejó deseando mucho más.

Otro roce, tan ligero como una pluma, en la comisura de la boca. Entonces, sintió los labios de Zach en la mejilla y respiró profundamente. El aliento de él contra su piel le provocó un temblor incontrolable justo antes de que él volviera a besarle los labios.

El corazón de Marnie latía tan fuerte que ella estaba segura de que él lo notaba. Tenía los labios tan sensibles...

Cuando Zach se apartó de ella, la miró durante un momento a los ojos y volvió a besarla. Al principio, lo hizo muy ligeramente, a continuación con más presión y, por último, se convirtió en un beso en toda regla. Le acarició suavemente la mejilla antes de hundirle la mano en el cabello para agarrarle la parte posterior de la cabeza y estrecharla contra su cuerpo.

Le torturaba incesantemente los labios, tomándole el inferior entre los suyos y aspirando con suavidad. A pesar de que Zach la tenía agarrada, Marnie se aferró a él por temor a que las rodillas le cedieran y cayera al suelo.

La mayoría de los hombres habrían tratado de meterle la lengua, pero Zach seguía concentrándose en los labios. Las sensaciones eran tan agradables que Marnie no se dio cuenta de que le estaba acariciando la nuca con el pulgar. Con la otra mano, hacía lo mismo en la espalda. Mientras tanto, chupaba, mordisqueaba, saboreaba y lamía. Marnie disfrutaba todos y cada momento.

De repente, al notar que la presión era menor, sintió que el beso iba a acabar.

—Vaya —susurró ella—. Eso ha… ha estado bastante bien.

—¿Por qué no me has besado tú? —preguntó Zach.

¿No le había devuelto el beso? Efectivamente. Se había perdido en las sensaciones, en los movimientos.

—Se me olvidó —confesó.

—En ese caso, bésame ahora.

Podría hacerlo. Disfrutaría haciéndolo. Evidentemente, tenía mucho que aprender y aquello sería bueno para ella. Se puso de puntillas y unió los labios a los de él.

Improvisó unos suaves mordiscos. Luego atrapó el labio superior de Zach entre los suyos y tiró de él. Notó que Zach también la estaba besando. A pesar de que había creído que no podía mejorar, notó que los besos efectivamente eran más agradables con la participación de dos. Separó los labios, invitándolo a él a hacer lo mismo, pero Zach le depositó una serie de besos a lo largo de la mandíbula y detrás de la oreja.

Marnie echó la cabeza hacia atrás, pero, cuando estaba a punto de gemir de placer, volvió a atrapar la boca de Zach. No era producto de su imaginación el hecho de que él estaba muy excitado. Y eso que aquello solo era una demostración.

Le hundió los dedos en el cabello y apretó el cuerpo contra el de él, deseando más y sabiendo que no podía tenerlo. Entonces, Zach le cubrió las manos con las suyas y la apartó de él.

—Ya basta… —susurró, tras respirar profundamente—. Muy bien.

–Gracias.

–¿Ves cómo explorar la piel, el sabor y el aroma de otra persona puede resultar… muy agradable?

–Sí, muy agradable.

–Recuerda que no debes precipitarte a la hora de besar. Lo hace mucha gente y se pierden muchas sensaciones. Muchos hombres quieren dar un paso más. Tú debes insistir en que se tomen su tiempo.

–Lo haré… Cuando tenga la próxima oportunidad.

–Además, tienes que besar tú también.

–Lo sé. Es que… estaba aprendiendo.

–Aprendes muy rápido.

–Gracias.

–Bueno –anunció él–. Siguiente paso, el beso con lengua.

–Creo que para eso es mejor que nos sentemos –sugirió ella. Sintió que se derretía allí mismo.

Zach se sentó en el sofá y le indicó que hiciera lo mismo.

–Cuando yo beso a una mujer –dijo, prosiguiendo con sus enseñanzas–, me gusta saber que ella está dispuesta para seguir a este nivel. Si no recibo esa señal, suelo pasarle la lengua muy suavemente por el interior de la boca.

Marnie separó los labios, como si se estuviera imaginando que se lo estaba haciendo a ella.

–¿Entonces, qué?

–Si te apetece, separa los labios tal y como los tienes ahora. Además, puedes tomar la iniciativa haciéndole lo mismo al hombre.

–¿Y a continuación?

–Ven aquí y te lo demostraré.

El corazón de Marnie aún no se había recuperado de la última demostración. A pesar de todo, no pudo resistirse.

Comenzaron a besarse donde lo habían dejado anteriormente. Marnie no protestó. Le parecía que ya dominaban el arte de los besos lentos. Entonces, rodeó el cuello de Zach con los brazos y le demostró que había estado muy atenta a sus indicaciones. Le acarició suavemente los labios con la punta de la lengua. Sintió que él sonreía.

–Muy bien –murmuró–. Abre la boca un poco, sutilmente. No se trata de llegar a la garganta…

Repitió el gesto que acababa de realizar Marnie. Ella contuvo a duras penas un gemido de placer.

–A partir de ahora, hay muchas cosas que se pueden hacer –añadió Zach.

Como para demostrárselo, le mostró una nueva zona erógena, en la cara interna del labio superior.

–Y no debes olvidarte de las manos –concluyó.

Naturalmente, a Marnie se le habían olvidado. Comenzó a acariciarle el cabello, los músculos del cuello y de la mandíbula… Deseaba más. Colocó las manos entre ambos y le desabrochó un par de botones de la camisa. Entonces, deslizó los dedos en su interior. Zach contuvo el aliento.

–Vaya… Veo que has decidido ir más allá del territorio de los besos.

–Me dijiste que utilizara las manos.

–Pero no deberían desabrochar nada a menos que estés pensando en desnudarte tú misma. ¿Comprendido?

–Sí.

–En ese caso, la clase ha terminado.

Trabajo. Clase. Qué manera tan rápida de destruir el ambiente. Marnie estaba todavía abrumada por las sensaciones y él estaba dispuesto a marcharse. Decidió disimular.

—Una clase estupenda, Zach —dijo—. ¿Qué tal lo he hecho yo?

—Bastante bien.

—Vaya, me alegro. Quiero darte las gracias. Me ha gustado el inicio lento. Realmente les da sensibilidad a los labios. Buena técnica.

—A mí siempre me lo había parecido.

—También sabes mover muy bien la lengua. Eso de debajo de labio superior está muy bien. Me apuesto algo a que te ha dado muy buenos resultados.

—¿Me estás pidiendo detalles?

—¡No! No, claro que no. Solo era un comentario. Me gustaría señalar lo agradable que ha sido que no me metieras la lengua hasta la garganta ni que...

—Yo tampoco quiero detalles, Marnie.

Ella también quería olvidarlos. Los dos se pusieron de pie. Tras atusarse el cabello, Marnie se dirigió hacia la puerta.

—Buenas noches, Zach. Gracias otra vez. Te prometo darle buen uso a todo lo que he aprendido.

Zach no atravesó la puerta. De hecho, la cerró.

—Estás hablando de Barry, ¿verdad?

—Por ahora.

¿Cómo podía Marnie decir eso? ¿Cómo podía decir eso con los labios henchidos por sus besos? Había puesto el alma y el corazón en aquellos besos y ella... ella... se había limitado a diseccionarlos. Tenía que haber sentido algo. Había empezado a desabrocharle la camisa. Aquello parecía ser una prueba irrefutable.

–Olvídate de Barry –le dijo. Entonces, la agarró por el brazo y la llevó de nuevo al sofá. De camino, se desabrochó la camisa.

–Zach, ¿qué estás haciendo?

–Dar marcha atrás en el tiempo. Marnie...

–Creo que esto no es una buena idea –dijo ella cuando se sentaron. Trató de levantarse, pero Zach se lo impidió. Le agarró una mano y se la colocó contra el pecho. Marnie cerró los ojos.

–¿Sientes mi corazón?

–¡Maldita sea, Zach!

–Olvídate de Barry. Sabes que hay algo entre nosotros...

–Yo... yo no soy tu tipo.

–Lo eres ahora.

–No tengo siempre este aspecto.

–Estás muy bien.

–Yo... yo tengo miedo de que me hagas daño.

–Oh, Marnie... Yo nunca te haría daño –susurró.

Zach le soltó la mano. Ella se la estuvo mirando durante un instante. Entonces, levantó también la otra mano. Zach sabía que sentía los latidos de su corazón, pero decidió no forzarla, dejar que fuera ella quien tomara la iniciativa. Dejar que Marnie aprendiera a confiar en él.

Ella le deslizó los dedos sobre la piel y le apartó la camisa del pecho, de los hombros, y empezó a bajársela por los brazos. Entonces, inclinó la cabeza y depositó un beso sobre el torso, justo encima del corazón.

–Marnie...

La deseaba tanto. En aquel mismo instante. Por eso la había besado con toda la pasión que era capaz de transmitir. Temblaba con la intensidad de sus propios sentimientos. Sabía que eran sensaciones muy nuevas y que se habían desarrollado muy rápidamente. Eran las casas en las que todo encajaba a la perfección las más duraderas. ¿Por qué no podía ocurrir lo mismo en una relación? Si Marnie sentía la mitad de lo que él estaba sintiendo… Tal vez no era justo, pero Zach empezó a construir un mundo sensual para los dos. Le murmuró palabras al oído, la tomó entre sus brazos y le acarició el cabello. Entonces, le depositó ligeros besos en la sien, mejilla y comisura de la boca.

Con un suspiro, Marnie se acurrucó contra su pecho. Zach le dio un beso en la cabeza y la estrechó entre sus brazos.

–Zach… Me encanta el tacto de tu piel –le susurró contra los labios, mientras le acariciaba el torso y los hombros.

Marnie también tenía una piel que Zach ansiaba tocar. Había encontrado el borde del jersey y, sin poder contenerse, deslizó los dedos por debajo. De repente, Marnie se apartó de él.

–No puedo hacerlo –murmuró.

–¿Demasiado rápido?

–Demasiado todo. Eres un hombre maravilloso, Zach, pero tú me has dicho que tu trabajo significa todo para ti. Te admiro y respeto por eso, pero no me puedo implicar con alguien que no me ponga a mí y a nuestra relación en primer lugar. Nuestras prioridades son diferentes.

–¿Eso es todo? ¿Vas a arrojar por la borda algo tan especial sin darme una oportunidad? –protestó él.

–No puedo permitirme darte una oportunidad.

–Marnie…

–Por favor, márchate.

Zach se puso de pie. Se subió la camisa y se la abotonó mientras se dirigía a la puerta.

–Dime una cosa. ¿Es por Barry?

–No.

–¿Sigues pensando salir con él?

–Si él me pide ir a Tarantella…

–Que te diviertas –le espetó él, incrédulo.

Abrió la puerta y se marchó. Cuando estuvo en el rellano, sintió deseos de golpearse la cabeza contra la pared. ¿Qué había ocurrido? Marnie lo había rechazado, pero no por Barry. Claro que no. Lo comprendió enseguida. Comprendió que no era el momento. No pensaba cejar en su empeño a menos que hubiera otro hombre por medio.

Cuando llegó al pie de las escaleras, una voz lo asaltó desde el oscuro vestíbulo.

–Supongo que Marnie está bien –dijo Franco.

–Sí, está bien. Mejor que bien.

–¿Y tú?

–Yo estaré bien muy pronto. Nunca le haría daño, ¿sabes? Sea lo que sea lo que ella piense.

–Lo sé. Si no lo hubiera creído así, jamás te habría permitido que subieras las escaleras.

Zach estaba ya en la puerta, pero se dio la vuelta. Localizó a Franco sentado al lado de la mesa del teléfono. Extendió la mano. El portero se la estrechó.

–Tú estás bien, Franco.

–Aspiro a estar mucho mejor, pero gracias.

Capítulo Nueve

Estoy bien. Aparentemente, es un gran elogio. Me gusta mucho Zach Renfro, aunque no tenemos mucha relación. M. y él sí la tienen, aunque la niegan. Es una pena para ellos, pero muy bueno para mí, dado que la gente que niega con tanta vehemencia sus sentimientos se comporta de maneras misteriosas e ilógicas.

Marnie llegó tarde a trabajar. Se había dormido. Había tardado mucho en conciliar el sueño a causa de los besos de Zach. Llevaba puesto su nuevo abrigo, sus pantalones negros y el jersey turquesa. Aunque había sentido la tentación de recogerse el cabello, se lo había dejado suelto. También se había maquillado.

Al llegar a la oficina, hizo todo lo posible por no encontrarse con Barry. No podía enfrentarse a él en un día como aquel. Naturalmente, él la estaba esperando junto a su mesa. Cuando la vio, lanzó un silbido de apreciación.

—Hola, Barry —dijo ella. Pasó a su lado y fue a colgar el abrigo.

—¿Marnie? ¿Qué es lo que te has hecho?

—No mucho. Me he cortado el cabello.

—¡Estás tan diferente!

Barry estaba lleno de encanto. ¿Qué era lo que había visto en él?

—He alquilado un apartamento en la ciudad dos

días a la semana. Ahora tengo más tiempo para arreglarme por las mañanas –comentó Marnie–. Hace algún tiempo que no te veía –añadió ella, al ver que Barry no decía nada, siguiendo los consejos que le había dado Zach.

–Sí. He estado en una conferencia en Anaheim la semana pasada.

Marnie seguía esperado que Barry le dijera que estaba muy guapa. Evidentemente, lo pensaba. Seguía todos los movimientos que ella hacía con las manos. Aún tenía un aspecto atónito que estaba empezando a irritar a Marnie.

–¿Estás saliendo con ese tipo con el que Doug te vio?

–Hemos salido en un par de ocasiones. Estoy haciéndole un sitio web.

–¿Es cliente de Carnahan?

–No. Lo estoy haciendo por mi cuenta.

–Oh. Mira, Marnie, la otra noche… Quería darte las gracias porque me solucionaras los problemas que tenía con el módulo de animación.

–No hay de qué –dijo ella, presintiendo la victoria.

–Sobre lo otro… Solo te estaba haciendo rabiar. ¿Te gustaría ir a ver una película conmigo?

–¿Podríamos cenar primero?

–Sí, claro. Podríamos parar a tomar un bocadillo en algún lugar.

–¡Un bocadillo! –exclamó ella, riendo–. ¡Eres tan gracioso, Barry! Creo que la primera vez que salgamos juntos debería ser algo especial. Me apetece algo italiano… –añadió, tras lamerse suavemente los labios.

–Quizá te gustaría ir a Tarantella.

–Me encantaría ir a Tarantella.

–Vayamos entonces –dijo Barry, tras tragar saliva–. Esta noche.

Por fin. Le había costado tanto conseguir la invitación que Marnie estuvo a punto de rechazarla. Sin embargo, no lo hizo. Con toda seguridad, Barry le debía una cena en Tarantella a aquellas alturas.

–Estupendo. Pásame a recoger a… ¿Te parece bien a las siete y media? –sugirió. Barry asintió rápidamente–. Aquí tienes la dirección –añadió, tras escribirle la dirección del apartamento en el reverso de una tarjeta–. No te olvides de hacer la reserva.

–Por supuesto que no. Allí estaré.

Marnie sonrió y se sentó frente a su ordenador.

–Hasta luego –le dijo, indicándole que se marchara con un meneo de dedos. Entonces, anotó en su agenda que debía comprobar si, efectivamente, Barry había hecho las reservas.

Marnie se marchó del trabajo justo a su hora para asegurarse de que veía a Zach. Sin embargo, como él siempre trabajaba hasta muy tarde, no la preocupaba demasiado. Habría una cierta incomodidad inicial, pero quería que él supiera que le agradecía mucho su ayuda y que, por fin, había conseguido que Barry la invitara a ir a Tarantella.

Cuando dio la vuelta a la esquina, vio que había un cartel delante de la casa. Esbozó una sonrisa y pensó que ya era hora de que Zach se decidiera a darle publicidad a su trabajo. Entonces, vio que dos hombres estaban tapando las ventanas con tablones de madera. Como le pareció algo extraño, se acercó al cartel para leerlo.

Decía *Se vende.*

Aquello no podía significar nada bueno. Marnie se dirigió rápidamente a los obreros.

–¿Está Zach en el interior?

Como los dos asintieron, Marnie atravesó con mucho cuidado los montones de madera y entró en la casa.

–¿Zach? –dijo. Tras buscarlo durante unos instantes, lo encontró en el salón de la casa, acariciando los azulejos holandeses que había descubierto en la chimenea.

–Hola, Marnie.

–Zach, ¿qué ha ocurrido?

–Los dueños se han echado atrás.

–Lo siento.

–Sí…

–Ha sido por ese papel pintado tan feo, ¿verdad? –bromeó ella.

–No –respondió él, con una ligera sonrisa en los labios–. Ha sido por un divorcio.

–Pero si solo te contrataron hace unas pocas semanas.

–No. Firmamos el contrato hace un año.

–¿Reservas tus trabajos con un año de antelación?

–Algunas veces más. ¿Qué puedo decir? Soy muy bueno en mi trabajo.

–Entonces, ¿esta casa ya no se va a restaurar?

–Tal vez –dijo él, con tristeza–. Depende de quién la compre. Tal vez prefiera demolerla y volver a empezar. En cualquier caso, quien la compre se va a llevar una verdadera ganga.

–¿Por qué no la compras tú?

–Ya te lo he explicado antes. No tengo suficiente dinero para el depósito.

–Por eso tienes que cambiar el modo de trabajo.

–¡Eso ni hablar! –le espetó él.

–Zach, me has dicho que tu sueño es poseer una de estas casas y restaurarla tal y como a ti te guste. Sin embargo, el modo en el que diriges tu negocio no te ayuda a conseguir tus objetivos. No cobras lo suficiente. Lo haces todo tú mismo y tardas una eternidad. Casi no sacas lo suficiente para mantenerte y, cuando has terminado, otra persona es la que vive en la casa. Tú regresas a tu apartamento que, aparentemente, es tan cochambroso que no quieres que yo lo vea.

–Déjalo, Marnie.

–Eres tan testarudo…

–¡Pensé que tú lo entenderías, pero eres igual que el resto de las mujeres que he conocido!

–Te comprendo, pero no estoy de acuerdo contigo. Hay una diferencia.

–En resumidas cuentas es lo mismo.

–Mira, lo siento mucho –dijo Marnie, sabiendo que no había posibilidad de razonar con él hasta que hubiera tenido la oportunidad de calmarse–. He venido para decirte que esta noche voy a ir a cenar con Barry al Tarantella.

–Enhorabuena –replicó él, muy lentamente–. Sé que es lo que querías.

Sus miradas se cruzaron… y luego se separaron.

–Gracias por todo.

–De nada.

–¿Me vas a desear suerte?

–Todo saldrá bien.

–Franco, ¿me puedes prestar la falda? He tratado de encontrar una igual, pero no he tenido suerte.

–No me extraña. Ahora, dime qué es lo que está pasando.

–Esta noche voy a ir a Tarantella a cenar con Barry.

–¿Por qué?

–¿Te acuerdas de Barry?

–Sí, claro que me acuerdo. Salir a cenar con Barry… qué interesante –comentó Franco, sin mucho entusiasmo.

–Bueno, ¿me prestas la falda?

–¿Qué es lo que te vas a poner con ella?

Marnie le mostró el top que se había comprado. Se había imaginado que se lo preguntaría. Franco hizo un gesto de desaprobación.

–¡Pero si el bronce es uno de mis colores! ¡Y brilla!

–¿Brillaba alguna de las muestras que te dejé?

–No.

–A mí me parece que no por una razón.

–Bueno, a mí me gusta…

Franco suspiró.

–Se puede sacar a una chica del barrio, pero no el barrio de una chica. Ve a por la falda. Está en el armario del sótano y…

–Sí. Te lo contaré todo. Te lo prometo.

Las cosas no iban bien para Zach. En primer lugar, su trabajo se había ido al garete y, en segundo lugar, Marnie iba a salir con el baboso de Barry. ¿Cómo era capaz? Sabía que eso era precisamente lo que ella deseaba, pero después de lo ocurrido la noche anterior… ¿Cómo podía pasar aquello por alto? Sí, había escuchado sus razones, pero ¿había antepuesto alguna vez su trabajo a ella?

Estaba sacando las herramientas de la casa para cargarlas en la furgoneta cuando vio un coche aparcado en doble fila frente a la casa verde y rosa. De él, descendió un hombre. ¿Sería Barry?

Momentos después, aquel tipo bajó las escaleras con Marnie. Marnie… Sintió como si le dieran un puñetazo en el estómago. Al principio, creyó que no llevaba nada puesto encima. Llevaba un top, pero tenía los hombros al descubierto. Además, llevaba una falda y unos zapatos muy sexys. Cuando Barry le colocó una mano en la espalda para ayudarla a entrar al coche, sintió que la furia se apoderaba de él.

Aquel tipo había tocado a Marnie. A su Marnie. Y ella le había dicho que iba a practicar con el baboso de Barry las técnicas para besar que acababa de aprender.

Ni hablar.

Se olvidó del resto de las herramientas. Se metió en la furgoneta y se dispuso a seguir al coche.

Zach no iba adecuadamente vestido para un restaurante como Tarantella. Rápidamente, se metió en el aseo de caballeros, se lavó y se peinó. A continuación, fue a conseguir una mesa.

–¿Tiene reserva? –le preguntó la encargada.

–No, pero doy muy buenas propinas –dijo Zach. Entonces, le colocó un billete de veinte dólares sobre el libro de reservas–, y más aún si no tengo que esperar.

Los veinte dólares desaparecieron rápidamente.

–Un momento, por favor.

La joven se dirigió al guardarropa y tomó una

chaqueta. Regresó al lado de Zach y se la colocó por encima de los hombros.

—Creo que así estará más cómodo, señor.

La chaqueta le estaba algo estrecha, por lo que no iba a ser fácil que estuviera cómodo.

Los vio sentados en una mesa que había en el centro del restaurante. Sí, estaba medio vacío. O todo el mundo llegaba tarde o acababa de desperdiciar veinte dólares. Como Marnie estaba de espaldas, pudo observar a placer a Barry mientras pasaba. Tenía una ridícula perilla y una piel muy pálida. ¿Aquel tipo era la competencia?

La encargada quería llevarlo a una mesa del fondo, pero él insistió y tomó asiento en una mesa que había contra la pared, no muy lejos de la que Barry y Marnie ocupaban. Se imaginó que sus veinte dólares le daban por lo menos derecho a elegir.

La mujer le entregó un menú. Cuando Zach volvió a mirar a la pareja, vio que Marnie lo estaba observando. Parecía tener una expresión de sorpresa en los ojos. Podría ser también de ira, pero, con toda seguridad, no era de deseo. Aquello podía cambiar.

Zach la miró atentamente y le lanzó un beso. Ella hizo un gesto de desesperación con los ojos y centró su atención en Barry. Por su parte, Zach tuvo que ver cómo ella utilizaba con Barry todo lo que él le había enseñado. Le tocó la mano, le ofreció un tomatito de la ensalada que estaba tomando...

Estaba tan hermosa aquella noche. A pesar de que el restaurante no estaba muy lleno, ella era el centro de todas las miradas. Zach sintió deseos de taparle los ojos a todo el mundo.

Mientras Zach se tomaba su cena, un plato de pollo, ellos terminaron la suya. Les llevaron la cuenta. Barry la miró mientras Marnie tomaba un sorbo de agua. Se inclinó sobre ella y le dijo algo. Cuando vio que Marnie agarraba el bolso y sacaba la cartera, estuvo a punto de acercarse a la mesa y agarrar a aquel tipo por el cuello. Recordaba haberle dicho que era el hombre el que pagaba siempre. Por fin, los dos se levantaron y se dispusieron a marcharse.

Barry colocó una mano en los omóplatos a Marnie. Debería ser él quien la tocara de aquella manera. Si no hubiera estado cegado por el deseo, se habría dado cuenta de que no sabía adónde se dirigían. Dejó varios billetes encima de la mesa y se dispuso a ir tras ellos.

–¿Señor? –le dijo la encargada.

–¿Qué? –le espetó Barry, mientras se esforzaba por ver qué dirección tomaban Barry y Marnie.

–La chaqueta...

Se la quitó rápidamente y llegó al aparcamiento justo en el momento en el que ellos se marchaban. Rápidamente los alcanzó y se dio cuenta de que se dirigían al apartamento de Marnie. Tal vez solo iba a dejarla en casa.

Al llegar, aparcó el coche frente a la casa que había estado restaurando hasta entonces. Marnie y Barry entraron en el edificio. Zach, por su parte, permaneció en su furgoneta, contando los minutos que pasaban hasta que Barry regresara. Sin embargo, Barry no regresó. Cuando ya no pudo soportarlo más, se bajó de la furgoneta.

**

Barry era tan aburrido… ¿Cómo había podido estar interesada en él?

Le estaba contando aburridas historias de su aburrida vida, discutiendo aburridos problemas de su aburrido trabajo. Le había enseñado el apartamento, a excepción del dormitorio, y, en aquellos momentos, estaban en el salón. Ella no sabía si ofrecerle un café o animarlo a que se sentara en el sofá de piel, en el mismo sofá en el que había compartido sus besos con Zach…

Antes de que pudiera decidirse, alguien llamó a la puerta.

–Mantenimiento –dijo una voz masculina.

Marnie reconoció inmediatamente que era Zach. No se sorprendió mucho, después de verlo en el restaurante, razón por la que pensaba hablar muy seriamente con él más tarde.

–Vaya… –comentó Barry, tras consultar el reloj–. Esta noche sí que están haciendo horas extras.

–Eso parece. ¿Te apetece… un café?

–¿No vas a abrir la puerta?

–Creo que está llamando al apartamento de al lado.

Como si la hubiera escuchado, Zach volvió a llamar a la puerta. Lo hizo con tanta fuerza que los cuadros de la pared se movieron.

–Mantenimiento. Nos han informado de un posible escape de gas.

Sabiendo que ya no había escapatoria, Marnie abrió la puerta.

–Aquí todo está bien –dijo. Entonces, trató de cerrar la puerta.

Zach se lo impidió colocando un pie en el umbral. Entró en la casa y, tras mirar a Barry de la cabeza a los pies, le preguntó a Marnie:

–¿Dónde está la caldera?

–No lo sé –replicó. Prefirió no revelar la identidad de Zach–. ¿Acaso no tienen ustedes un aparatito que detecta el gas?

–No lo llevo encima.

–En ese caso, tal vez debería dejar esta inspección para otro momento en el que lo lleve con usted.

–Si algo le ocurriera a usted mientras tanto –dijo, mostrándole el cinturón de herramientas–, no me lo perdonaría jamás.

–Eh, Marnie, no importa –dijo Barry–. Yo ya me marchaba de todas maneras.

Tras lanzar una furiosa mirada a Zach, Marnie se acercó a Barry esperando que él le diera un beso de buenas noches delante de él o que le pidiera otra cita. Lo único que consiguió fue:

–Hasta mañana.

Marnie cerró la puerta con engañosa delicadeza antes de volverse a mirar a Zach.

–¿Qué diablos te crees que estás haciendo?

–¿Y tú? –replicó él, tras quitarse el cinturón.

–Lo que siempre dije que tenía la intención de hacer. Tratar de conseguir que Barry admita que se ha equivocado conmigo y así poder decirle que es un imbécil.

–Te llevó a Tarantella. ¿No te basta con eso?

–No.

–Sí. Noté que tuviste que pagarte la cena.

–Bueno –admitió ella, algo molesta–. Barry andaba algo corto de dinero. Quedamos esta mañana y…

–Dos palabras: tarjeta de crédito.

–Lo sé… Por eso quería presionarlo un poco más. Ahora, tendré que volver a salir con él.

–¿Por qué?

–Porque quiero que Barry se vuelva loco por mí. ¡Por eso! Tú no estabas allí aquella noche. Se mostró tan… Creo que hasta se sorprendió de que yo me pudiera considerar atractiva para los hombres. Evidentemente, nunca me había visto como mujer. Por eso, quiero que Barry reconozca mi atractivo.

–Si lo que quieres es afirmar que eres una mujer deseable, yo me puedo ocupar perfectamente de eso.

Zach dio un paso al frente. La agarró por los brazos y tiró de ella. Entonces, la besó, no con lentitud y delicadeza, sino con la pasión que Marnie necesitaba en aquel instante. Ella le devolvió el beso antes de que Zach lo interrumpiera tan bruscamente como había empezado.

–¿Y bien? –le preguntó.

Marnie volvió a pensar en la situación. Contra todo pronóstico, había conseguido atraer a un hombre muy guapo, que besaba muy bien y que seguramente sería muy buen amante si ella le daba permiso para que le hiciera el amor apasionadamente. Por otro lado, había un noventa y ocho por ciento de posibilidades de que ella terminara sufriendo. Sin embargo, si Zach se marchaba en aquel mismo instante, iba a sufrir de todas maneras. Aquella probabilidad de ser feliz cada vez le resultaba más atractiva.

–Lo único que te estoy pidiendo es que nos des una oportunidad, Marnie.

–¿Una oportunidad del dos por ciento?

–Lo que pueda conseguir.

–¿Sabes? Creo que vas a poder conseguir bastante… si reafirmas mi atractivo como mujer…

–No puedes depender de otra persona para que...

Marnie lo interrumpió colocándole los dedos en la boca.

–Bueno, ¿vas a besarme o no, idiota?

–¿Crees que soy un idiota?

–Si no me besas, lo serás.

Zach no era ningún idiota. Llevaba tanto tiempo conteniéndose que ya no pudo aguantarse más. La noche anterior había sido una dulce tortura que había terminado en frustración cuando ella no le dio la oportunidad de demostrarle lo importante que era para él.

–Eres tan hermosa –susurró, mirándola a los ojos–. Eres una mujer tan deseable... Demasiada mujer para Barry.

–¿Para quién?

–Exactamente –respondió él. Le acarició los brazos, rozando delicadamente la piel que tanto había deseado tocar. Era tan suave...–. En el restaurante, cuando te tocó, sentí deseos de hacerle pedazos. Necesitaba reclamarte. Te deseaba entonces, y sigo deseándote –añadió. Le acarició suavemente la clavícula e hizo caer el fino tirante. A continuación, la besó justo sobre el espacio que el tirante había ocupado.

Marnie se echó a temblar. Inclinó la cabeza hacia atrás y dejó al descubierto el cuello. Zach se aprovechó de la situación y empezó a besarle el cuello. Sintió que, como el suyo, el pulso de Marnie latía a toda velocidad. No quería asustarla con su deseo, pero, cuando ella le pidió más, todo cambió. Volvió a besarla. Le separó los labios, ignorando por completo las cuidadosas técnicas que le había enseñado. Cuando le introdujo la lengua entre los labios, sintió la ligera vibración de un gemido.

Se apartó ligeramente de ella, pero Marnie le agarró la cabeza y lo besó a su vez. Entonces, fue ella la que le introdujo la lengua en la boca, por lo que se imaginó que no había cometido un pecado imperdonable.

A Zach le gustaba el modo en el que ella tomó el control del beso, cómo se acercaba a él y se ponía de puntillas para acercar todo lo posible su cuerpo.

Centró toda su atención en el tacto, en el sabor de Marnie... Sin embargo, como siempre ocurría, ella parecía tener algo más en mente.

–Creo que ya hemos cubierto este territorio bastante extensamente, ¿no te parece?

–¿Qué es lo que quieres decir, Marnie?

–Que he estado pensando en ti sin parar desde la última noche.

–Me alegra saber que no he sido el único...

–¿Has estado pensando también en ti mismo?

–Sí. He pensando que no quiero parar. Que no deseo marcharme esta vez...

–Mmm...

Marnie le deslizó un dedo por la clavícula hasta llegarle al centro del pecho.

–¿Dónde lo habíamos dejado? Oh, ya me acuerdo –susurró ella.

Poco a poco, empezó a desabrocharle la camisa. Como había ocurrido la noche anterior, Zach dio un paso atrás.

–Ayer hiciste lo mismo –dijo Marnie, llena de frustración–. ¿Estoy haciendo algo mal?

—No.

—Entonces, ¿qué es lo que ocurre?

—¿No recuerdas lo que te dije?

—Sí. Que no debía desabrocharte la camisa a menos que piense desnudarme.

—Sí.

—En ese caso, tendré que desnudarme.

Se quitó rápidamente el top y, antes de que Zach pudiera reaccionar, lo lanzó sobre una pequeña lámpara. Él se quedó atónito. Marnie estaba delante de él, a excepción de una falda negra y de unas uñas de los pies pintadas de rojo. No podía respirar. Ni pensar. Ni moverse.

—Estás muy hermosa...

—Entonces, ¿por qué estás tan separado de mí?

Zach no lo sabía. El cerebro había dejado de funcionarle. Toda la sangre se le había concentrado en la parte de su anatomía que más la necesitaba. Se dijo, se ordenó, que debía tomarse las cosas con calma. Entonces, dio un paso al frente.

—El dormitorio está por aquí —dijo ella.

Zach se quedó inmóvil durante unos segundos, contemplándola. Aquella falda era algo especial. Se le moldeaba a las piernas y reflejaba la luz de un modo que lo hacía echarse a temblar.

—¿Vas a venir? —le preguntó Marnie, desde el umbral.

Zach no podía moverse, probablemente porque no conseguía que el aire le llegara a los pulmones. No estaba respirando. Le resultaba imposible.

—Tal vez esto te sirva de incentivo...

Marnie se metió las manos debajo de la falda y se quitó un par de minúsculas braguitas de encaje rosa. Entonces, se las tiró. Lo inesperado de aquel gesto hizo que Zach inhalara con fuerza y empezara de nuevo a respirar. Se dirigió hacia ella quitándose al mismo tiempo la camisa. Cuando llegó a la puerta, ya se había quitado el cinturón. Marnie se echó a reír y entró corriendo en el dormitorio.

—Marnie —susurró Zach, cuando consiguió alcanzarla. Comenzó a acariciarle suavemente los brazos.

De repente, ella se empezó a reír. No hacía más que reír y señalar a la cama.

—¡Mira, Zach! La cama está abierta.

—¿Y qué tiene eso de gracioso?

—Mira la almohada.

Zach vio que había dos bombones a ambos lados de una rosa. Entre los pétalos de la flor, había un preservativo.

—Eso lo explica.

—¿Te importaría decirme de qué estás hablando?

—Cuando me encontré con Franco antes de subir, él me preguntó si venía preparado. Cuando yo le dije que no, me respondió que, afortunadamente, él ya se había ocupado de todo.

—Vaya… Menos mal que no le enseñé a Barry el dormitorio.

—Sí, porque te aseguro que, si no hubieras abierto la puerta, la habría echado abajo.

—Bien… –dijo Marnie. Entonces, tomó una nota que había encima de la mesilla de noche y lanzó una exclamación de felicidad–. «La chica que alquila el apartamento los miércoles y los jueves está fuera de la ciudad».

—¿Qué significa eso?

—Significa que no tenemos que abandonar el

apartamento temprano. Vamos... Te has desabrochado el pantalón, te has quitado el cinturón... Creo que se te ha olvidado bajarte la cremallera... –susurró ella, antes de desabrocharle el botón de los vaqueros.

Zach le detuvo las manos antes de que ella pudiera continuar.

–Es demasiado pronto para bajarme la cremallera...

Zach levantó las manos y empezó a acariciarle los senos. Eso, unido al modo en el que le estaba acariciando los labios con la punta de la lengua, hizo que Marnie experimentara interesantes sensaciones.

–¿Qué... qué puede ocurrir si te bajo la cremallera ahora? –le preguntó ella, con la respiración acelerada.

–Que compartiremos un sexo apasionado y caliente en vez de algo que dure más en el tiempo...

Le besó la boca, la barbilla, la garganta y el cuello lenta y sensualmente. A continuación, centró su atención en el pecho y en la parte superior del seno izquierdo. Sin dudar, se metió el pezón en la boca.

Marnie gimió de placer y se aferró con fuerza a él. Entonces, Zach sintió que ella le bajaba la cremallera.

No solo le bajó la cremallera, sino que también se quedó completamente desnuda. La falda cayó suavemente a sus pies.

Mientras ella se subía a la cama, Zach se despojó de los vaqueros. Inmediatamente, se colocó encima de ella, sujetándole las manos por encima de la cabeza.

–Eres tan hermosa –susurró.

La besó. La pasión que hervía entre ellos estaba a punto de entrar en ebullición. No se saciaban el uno del otro. Depositaban febriles besos por todas partes. Se exploraban mutuamente... Zach quería absorberla por completo, descubrir su esencia, la parte de Marnie que la convertía en un ser irresistible para él.

La observó atentamente, asimilando todas y cada una de las expresiones de placer de su rostro. Sin embargo, fue la pequeña sonrisa de satisfacción femenina cuando la tocó la que estuvo a punto de hacer que Zach perdiera el control.

Marnie le entregó la rosa. Tras olerla brevemente, Zach arrancó los pétalos y los derramó sobre los pechos y el vientre de ella.

–Marnie, eres tan hermosa...

Tras ponerse el preservativo, se hundió en ella. Esperó un momento para permitir que el cuerpo de ella se acomodara a su presencia. Observó cómo ella abría los ojos y sonreía. Entonces, tomó uno de los pétalos, lo aplastó y lo aplicó contra la nariz de Zach.

–Todo esto es tan hermoso –susurró...

–Tú sí que eres hermosa –reiteró él.

Siguió diciéndoselo hasta que Marnie gritó su nombre, presa del placer, y él se echó a temblar como consecuencia de su propio gozo.

Cubiertos de sudor, permanecieron tumbados el uno sobre el otro, con el olor de la rosa mezclándose con el de sus cuerpos.

–¿Ha habido un terremoto? –preguntó Marnie.

–Solo el nuestro –susurró él, incorporándose sobre un codo para mirarla–. Eres tan hermosa...

–No haces más que decírmelo.

–Quiero que me creas.

—Estoy empezando a creerte, pero necesito más poder de convicción.

—¿De verdad?

—Sí.

—Tenemos toda la noche…

Marnie levantó las manos por encima de la cabeza y le mostró uno de los bombones de chocolate.

—Mejor que eso. Tenemos chocolate.

Zach tomó el bombón y sonrió.

—No es chocolate. Es un preservativo con sabor a chocolate.

Capítulo Diez

Existen ocasiones en las que es mejor prescindir de una crónica exacta para dejarse llevar por la ficción. Tras haber preparado el terreno, no tengo remordimiento alguno en hacer eso precisamente con la noche que pasaron juntos M. y el señor R.

Marnie necesitó mucho poder de convicción, por lo que, en consecuencia, no durmió demasiado. Se despertó más tarde de lo habitual, por lo que, tras ponerse la camisa de Zach, se levantó de la cama y llamó al trabajo. Decidió tomarse un día libre de los muchos que le debían y, en el último momento, decidió hacer lo mismo con el jueves.

Cuando llegó al dormitorio, Zach ya estaba despierto. Tenía ya puestos los vaqueros y estaba sentado en la cama comprobando los mensajes de su busca.

–Eh, te he echado de menos –dijo al verla, con voz cálida y sexy. Sin embargo, a Marnie no se le pasó por alto que no había levantado la cabeza del busca.

–¡Tengo frío! –gritó.

Se lanzó sobre la cama e hizo que Zach cayera de espaldas. Entre risas, se sentó encima de él y empezó a besarlo por todas partes. Se sentía tan feliz… Había deseado profundamente tener una relación como aquella, en la que pudiera compartir la intensidad física y emocional con un hombre. Durante la noche, habían estado hablando, soñando y haciéndose el amor. Sin poder evitarlo, Marnie se había enamorado. Creía firmemente que sus sentimientos eran lo bastante fuertes como para capear los inevitables problemas que surgirían en su andadura juntos. Además, ¿acaso no había abandonado él la casa para ir corriendo al restaurante porque estaba preocupado por ella? A pesar de estar preocupado por su negocio, seguía pensando en ella.

De repente, un estridente sonido retumbó en el silencio.

—Es mi busca. Espera un momento.

Marnie se apartó de él para permitirle que leyera el mensaje. Entonces, Zach se puso de pie.

—Tengo que ir al otro lado de la calle.

—Todavía… Todavía no son las siete.

—¿Tan tarde? —preguntó, mientras se peinaba con los dedos—. ¡Eh! Llevas puesta mi camisa.

Marnie se la quitó y se metió debajo de las sábanas mientras él iba a buscar sus botas y sus calcetines, que estaban esparcidos por la habitación. Entonces, regresó a la cama y la besó rápidamente antes de ponerse la camisa.

—Yo… He pedido el día libre —susurró ella, con frialdad.

—Oh… Trataré de volver enseguida. Aún tengo que solucionar muchas cosas en la casa.

—Lo único que están haciendo es colocar tablones sobre las ventanas.

—Es algo más complicado que eso.

—¿Comemos juntos? —preguntó Marnie.

—Me parece una buena idea —respondió él—. No te levantes. Quiero recordarte así.

En un abrir y cerrar de ojos se marchó. Marnie trató de convencerse de lo trabajador que era, pero no lo consiguió. Decidió que se vestiría, comprobaría su correo electrónico e iría a la tienda de ultramarinos para comprar algo muy romántico para almorzar.

Al final, con la esperanza de que Zach no pudiera esperar hasta la hora de comer para volver a verla, realizó todas sus tareas a una velocidad increíble. Había comprado pasta y ensalada para cenar, junto con unas velas para que todo fuera más romántico, pero el almuerzo le había costado más. No podía ser pesado, pero tenía que ser suficiente para proporcionar sustento a un trabajador de la construcción. Al final, se decidió por un plato preparado de pollo y arroz que se podía calentar en el microondas, dado que la hora del almuerzo aún estaba en el aire.

Por lo tanto, a las diez y media, mientras comprobaba su correo electrónico, miró por la ventana y vio a Zach. Se había cambiado de ropa… aunque los pantalones caqui y la camisa no era ropa de trabajo. Sonrió y, llena de anticipación, decidió comprobar su sitio web y ver qué páginas eran las más visitadas.

Cuando el estómago empezó a protestar, miró el reloj del ordenador y se sorprendió al ver que era más de mediodía. Al mirar por la ventana, comprobó que la furgoneta de Zach seguía aparcada allí, acompañada de otro coche.

Suspiró. Tenía una reunión con alguien. A continuación, abrió el correo electrónico de Zach y se sorprendió mucho al encontrar más de media docena de mensajes. Tendría que recordarle que debía abrir su correo electrónico con regularidad.

A la una y media, decidió que iba a preparar la comida y que se la llevaría a la obra. Para su sorpresa, la furgoneta de Zach había desaparecido.

Decidió que no lo llamaría ni le enviaría un mensaje al busca. Zach sabía que estaba allí, esperándolo. Cuando volvió a mirar por la ventana, la furgoneta había regresado. Cada minuto que pasaba, se le iba haciendo mayor el agujero que tenía en el corazón.

A las cuatro, Marnie supo que se había equivocado con Zach y se sintió furiosa consigo misma. Decidió mandarle los mensajes de correo electrónico a su antigua cuenta porque no pensaba volver a ocuparse de su sitio web. Ya tendría tiempo de llorar más tarde. Antes de enviarlos, los examinó rápidamente. Las palabras «pequeño hotel» le llamaron la atención. Cuando empezó a leer el mensaje, se quedó boquiabierta. Era de los dueños de la casa que Zach quería rehabilitar. Del proyecto de sus sueños.

Iba a ponerse muy contento. Sacudió la cabeza con tristeza. Al menos uno de ellos sería feliz. Imprimió el mensaje y lo envió a la otra dirección antes de apagar el ordenador.

Se vistió rápidamente y se metió el mensaje en el bolsillo de los vaqueros. Estaba muy guapa. Lo sabía. Sin embargo, cuando bajó a la calle, los obreros de Zach no le silbaron, como le ocurría siempre. Aquello no debería haberle importado, pero no pudo evitarlo.

Había un coche diferente aparcado delante de la casa, lo que probablemente significaba que Zach tenía visita. Marnie no se desanimó. Se dijo que sería discreta y que no le montaría ninguna escena en público, aunque no se marcharía hasta que le hubiera dicho lo que le tenía que decir. Entonces, se marcharía a su casa y daría rienda suelta a su desilusión.

Al llegar a la casa, oyó voces que provenían del salón. Allí, encontró a Zach hablando con una pareja.

–Si no podemos contratarlo, ¿consideraría usted evaluar la propiedad para saber si merece la pena reformarla? –le preguntaba el hombre.

–Nos gusta mucho la situación de la casa, pero, por su importancia histórica, preferiríamos reformarla –añadió la mujer–. Si usted no está disponible, tendremos que conformarnos con hacerla habitable.

–Sería un trabajo enorme... Ya sabe usted que llevo mucho tiempo deseando realizar ese trabajo. Sería un hotel maravilloso, pero, en estos momentos, no puedo.

–Al menos venga a echarle un vistazo a la finca. Tal vez usted también se enamore de ella –afirmó la mujer.

–Ya estoy enamorado –afirmó Zach.

Justo en aquel momento, se percató de la presencia de Marnie. Al verla, el rostro se le iluminó.

–Les presento a Marnie LaTour –dijo, tras hacerle un gesto para que se acercara–. Se encarga de mi sitio web. Bill y Charlene Nichol quieren restaurar la vieja casa de la colina que te enseñé.

–¡Oh! –exclamó Marnie–. En ese caso tengo su mensaje aquí. Acabo de descubrirlo.

–Sí, Zach nos explicó que no había mirado su nueva cuenta cuando hablamos con él por teléfono –comentó Charlene.

–Se me había olvidado por completo que tenía una cuenta nueva –admitió Zach.

–Eso me había parecido. Yo también lo siento. Debería haberla mantenido al día.

Zach le dio un beso en la sien.

–Tenías otras cosas en las que pensar…

–¿Me ha parecido escuchar que rechazabas el proyecto, Zach?

–Así es –contestó Bill–. Si usted tiene alguna influencia sobre él, le estaría muy agradecido que nos ayudara a hacerle cambiar de parecer. No creo que sigamos adelante con la compra si él no se ocupa de la renovación.

–Zach… –susurró ella.

–Lo sé… –replicó él–, pero ni el momento ni mi economía son los mejores en estos instantes. Ya he aceptado otro trabajo en el que me pagan por adelantado. Necesitaba el dinero porque… Bueno, no pensaba decírtelo así, pero he comprado hoy mismo esta casa. Para nosotros.

Así que era eso lo que había estado haciendo. El corazón de Marnie volvió a llenarse de amor.

–¡Zach! –exclamó ella, llena de felicidad. Se lanzó contra su pecho, con lágrimas en los ojos.

–Le gustan mucho las casas victorianas –les dijo él a los Nichol con una sonrisa en los labios.

–Vamos, Bill. Deberíamos dejarlos a solas.

–Si cambias de opinión… –afirmó Bill.

–Sí –le aseguró Marnie–. Va a cambiar de opinión.

–Marnie, con el otro proyecto que tengo no me queda tiempo para ocuparme de algo tan grande como transformar esa casa en un hotel.

–Ya nos las ingeniaremos –insistió ella–. Les prometo que se mantendrá en contacto con ustedes –añadió, refiriéndose a los Nichol. Esto va a funcionar.

Zach esperó hasta que estuvieron solos antes de volver a tomar la palabra.

—Marnie, no les deberías haber dicho eso. No hay modo de que pueda hacerlo.

—Si hubieras hablado conmigo en vez de dejarme ahí todo el día esperando…

—Tardé más de lo que había anticipado. Quería sorprenderte. Lo siento. Sé que debería haberte llamado.

—Sí. En realidad, vine aquí para romper contigo. No puedo vivir con alguien que siempre antepone otras cosas a mi persona.

—Ese no es el caso. Te amo. Estoy enamorado de ti. Sinceramente, creo que bordea la obsesión. Pensar en que podías terminar con Barry me volvió loco.

—Barry es un imbécil. Nunca significó nada para mí.

—Me alegro, porque tú eres lo mejor que me ha ocurrido nunca, Marnie. Después de lo de anoche, solo podía pensar en buscar un hogar adecuado para ti. Tendría que haberte preguntado si te gustaba esta casa.

—Sí, tienes razón.

—Di por sentado que… Lo siento. Tengo que dejar de hacer eso. No te preocupes. Podemos venderla.

—No. Nos podemos quedar con ella con una condición.

—Tú dirás.

—El papel pintado de este salón parece vómito de perro.

—Entre las capas encontré otro papel pintado que va mucho mejor.

—Tal vez te arrepientas de haberme dicho eso.

–No me arrepentiré de nada.

–¿Y el trabajo de tus sueños?

–No importa. Ya no es tan vital para mí como lo era antes. Una vez me dijiste que era así porque no había conocido a la mujer adecuada. Ahora ya la tengo a mi lado.

Marnie le rodeó el cuello con los brazos y lo besó.

–¿Tienes hambre?

–De ti, por supuesto.

–Estaba pensando más bien en comida. Yo no he probado bocado en todo el día.

–Yo tampoco. Recuerdo que me prometiste un almuerzo muy especial...

–Bueno, ahora tendrá que ser una cena especial...

De la mano, salieron al exterior. Mientras pasaban por delante de los obreros, Marnie le preguntó a Zach:

–¿Por qué nunca me silba nadie de tu cuadrilla?

–Porque yo les ordené que no silbaran a mi mujer. Quiero que formes parte de mi vida. Ya no me la puedo imaginar sin ti. Y yo deseo estar también en la tuya. Quiero que nuestras vidas queden unidas para siempre.

–¿Significa eso que puedo darte consejos en los negocios?

–Claro. ¿Tengo que escucharte?

–Estoy segura de que te gustará escuchar esto. Mientras tú estabas planeando nuestro futuro y rechazando tus trabajos de ensueño, no te paraste a considerar que a mí también me gustaría invertir en nuestro futuro.

–No quería dejarte al margen...

–En primer lugar, quiero que contrates a alguien que te ayude –dijo ella–. Y que aceptes el trabajo del hotel. Ése es mi consejo. ¿Sabes una cosa, Zach? Yo también soy muy buena en mi trabajo. Se me paga muy bien –replicó ella. Cuando le dijo a Zach lo que ganaba, él se quedó atónito–. Hasta ahora he estado viviendo con mi madre, por eso, he estado ahorrando e invirtiendo. A pesar de los altibajos de la Bolsa, estoy en muy buena situación.

Cuando le explicó la situación en la que se encontraba, Zach la miró asombrado.

–Es una cifra muy grande…

–¿Crees que será lo suficientemente grande como para contratarte a ti para que termines nuestra casa y para que encuentres un ayudante competente?

–Marnie, no puedo permitir que hagas eso…

–Ya sé lo del orgullo masculino y todo eso. ¿Alguna protesta nueva?

–No. Esa es la única. ¿Tienes idea de lo que un papel pintado de inspiración china va a costar?

Marnie se echó a reír. Zach la abrazó con fuerza y la besó apasionadamente.

–Te habrás imaginado que Franco nos está observando, ¿verdad? –murmuró ella.

–Seguramente está filmándonos.

–¿Estás pensando lo que yo estoy pensando?

–¿Algo así? –preguntó Zach. Entonces, la sujetó con firmeza y la hizo caer hacia atrás, como en las viejas películas románticas.

–Te amo, Zach. Encárgate de que esto quede bien en pantalla –susurró Marnie.

Y así fue.

Epílogo

Una vez más, la falda ha vuelto a ser mágica para otra pareja. A pesar de haber sido testigo de excepción, todavía no sé cómo funciona su magia. Nunca le he hablado a M. de sus especiales cualidades y no creo que lo haga en el futuro. Así, el guion será mucho más dramático.

El señor y la señora Renfro han alquilado mi apartamento hasta que su casa sea habitable. No parece que vaya a tardar mucho. Me parece que el poder de la falda también tiene influencia sobre la velocidad de la restauración.

Deseo

LA ESPOSA DE SU HERMANO

JENNIFER LEWIS

Solo hizo falta un beso de la viuda de su hermano para despertar la llama en el corazón de A.J. Rahia y convencerlo para aceptar el trono. La tradición obligaba a que el príncipe convertido en productor de Hollywood se casara con la esposa de su hermano, pero… ¿podría aceptar como suyo el hijo que estaba en camino?

Lani Rahia estaba atrapada entre dos hombres: su difunto esposo y el futuro rey. Si contaba la verdad sobre uno, ¿perdería al otro? Ya se había visto antes apresada en un matrimonio de conveniencia. Esta vez no aceptaría una farsa por su hijo. En vez de eso, quería el amor eterno de A.J…. o nada.

Era complicado

¡YA EN TU PUNTO DE VENTA!

Acepte 2 de nuestras mejores novelas de amor GRATIS

¡Y reciba un regalo sorpresa!

Oferta especial de tiempo limitado

Rellene el cupón y envíelo a
Harlequin Reader Service®
3010 Walden Ave.
P.O. Box 1867
Buffalo, N.Y. 14240-1867

¡Sí! Por favor, envíenme 2 novelas de amor de Harlequin (1 Bianca® y 1 Deseo®) gratis, más el regalo sorpresa. Luego remítanme 4 novelas nuevas todos los meses, las cuales recibiré mucho antes de que aparezcan en librerías, y factúrenme al bajo precio de $3,24 cada una, más $0,25 por envío e impuesto de ventas, si corresponde*. Este es el precio total, y es un ahorro de casi el 20% sobre el precio de portada. !Una oferta excelente! Entiendo que el hecho de aceptar estos libros y el regalo no me obliga en forma alguna a la compra de libros adicionales. Y también que puedo devolver cualquier envío y cancelar en cualquier momento. Aún si decido no comprar ningún otro libro de Harlequin, los 2 libros gratis y el regalo sorpresa son míos para siempre.

416 LBN DU7N

Nombre y apellido	(Por favor, letra de molde)

Dirección	Apartamento No.	

Ciudad	Estado	Zona postal

Esta oferta se limita a un pedido por hogar y no está disponible para los subscriptores actuales de Deseo® y Bianca®.
*Los términos y precios quedan sujetos a cambios sin aviso previo.
Impuestos de ventas aplican en N.Y.

Bianca

Su guardaespaldas tenía músculos, cerebro... y mucho dinero.

Cuando la modelo Keri se quedó atrapada con el guapísimo guardaespaldas Jay Linur, pronto se dio cuenta de que pertenecían a mundos diferentes. Pero los polos opuestos se atraían... y ella abandonó la pasarela por un paseo por el lado salvaje. La pasión los arrastró por completo.

De vuelta a la realidad, Keri descubrió que Jay no era lo que parecía: además de un cuerpo increíble, tenía cerebro y mucho dinero. Y aunque el matrimonio era lo último que Jay tenía en la cabeza, Keri se dio cuenta de que no podía alejarse de él...

Corazón de diamante

Sharon Kendrick

AROMAS DE SEDUCCIÓN

TESSA RADLEY

El marqués Rafael de las Ca-
rreras había viajado hasta Nueva Zelanda con un único propósito: vengarse de la poderosa y
odiada familia Saxon y reclamar
lo que le correspondía por derecho. Seducir a Caitlyn Ross, la
joven y hermosa vinicultora de
los Saxon, era un juego de niños
para él y la manera perfecta de
conseguir lo que quería.
Pero a medida que fue cono-
ciendo a Caitlyn, su encantadora mezcla de inocencia y pasión
le hizo preguntarse si no sería él quien estaba siendo se-
ducido.

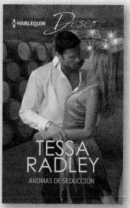

Una venganza muy peligrosa